魔豆

夜之賢者

Sage of Night 03

香草——著

夜之賢者
—人物介紹—
阿爾文
22歲。
艾爾頓帝國親王。外表爽朗，實則警戒心重。待人處事嚴謹但圓滑，使眾人相當信服。
沈夜
16歲。
聰慧溫潤的小說家，意外穿越到異世界。看似無害，關鍵時刻卻十分可靠。
路卡
20歲。
艾爾頓帝國皇帝。表面溫和好說話，實質腹黑並善於權謀。

伊凡
23歲。
原是名刺客，現加入阿爾文麾下。任何人事物都冷漠以對，只在乎妹妹賽婭與沈夜。
賽婭
21歲。
伊凡的妹妹，魔法師。性格老實溫和，為國內閃亮的魔法界新星。

夜之賢者

Sage of Night 03

目錄

楔子

這一年，對艾爾頓帝國來說，註定是不平靜的一年。

舉國聞名、剛滿二十歲便已進階爲大魔法師的魔法天才賽婭，以交流生的身分前往歐內特斯帝國學習時，竟遭到追殺，並在阿爾文殿下親自護送回國後，帶回了一份傑瑞米公爵通敵賣國的證據！

他們位高權重的傑瑞米公爵、他們的「不敗戰神」，這個多次豁出性命、用鮮血保衛國土的男人，原來早在多年前便與歐內特斯帝國暗地交易，洩露國家重要情報，還替對方在國內安插棋子，使艾爾頓帝國門戶大開。

這個被國民敬崇不已、被眾戰士視爲標竿的男人，竟然爲了一己之私，出賣了自己的國家！

眾人實在無法相信這個事實，然而賽婭帶回的資料卻是鐵證如山。官員甚至在調查這宗案件時，還發現傑瑞米不只與敵國進行交易，更有不少位高權重的本國貴族也牽連其中。

傑瑞米公爵被判叛國罪，卻在軍隊前往抓捕時先一步收到消息，帶著麾下的軍隊離開了艾爾頓帝國，就此不知所蹤。

昔日帝國的榮耀，現在卻成了國家的叛徒、舉國全力追捕的通緝犯。這巨大的差落，讓眾人無一不唏噓萬分。

至於其他參與其中的貴族，就沒有傑瑞米的好運氣了。傑瑞米雖然身敗名裂，但至少保住性命，甚至還成功帶走了他的親衛軍；而那些貴族被抓捕後皆被剝奪了爵位，全數財產充公並被打入大牢，等待法院的裁決，無一倖免。

這次事件造成全國一片風聲鶴唳，民眾人心惶惶。大肅清後，大批官員入獄，不少貴族被剝奪爵位，艾爾頓帝國的國力一時衰弱不少；不過也因爲清除掉了國內累積多年的毒瘤，爲艾爾頓這棵垂垂老矣的古老大樹修剪掉一些枯萎枝葉，煥發出新的生氣。

經過一輪腥風血雨，國家的清洗終於結束時，人民才放鬆緊繃的神經。怎料，又有一件大事隨之發生——

一名從遙遠東方而來的少年，被皇帝路卡陛下授予了「賢者」的稱號！

這件事在國內的影響力，不亞於傑瑞米的叛變。

賢者稱號可不是什麼阿貓阿狗都能冠上的，身爲賢者，必須品德高尚，上知天文、下知地理是基本，最重要的是，必須對國家有巨大的貢獻。

因此，「賢者」這個頭銜並不是有著強大的戰鬥力，或擁有顯赫的身分就能獲得。即使再強大的魔法師或戰士，他們也許能因軍功而獲得崇高的地位，卻不代表能被稱上一聲「賢者」。

帝國數千年的歷史中，出現過的賢者不到十人。他們無一不是眞正的賢德之士，而且這些人全都是爲國家做出偉大貢獻後，才被冊封爲賢者。

可是現在，一個對帝國沒有任何建樹，甚至還是個外來者的少年，竟破天荒地獲得了賢者的稱號!?

喔！不對，也不能說這個名叫沈夜的少年沒有絲毫建樹。至少這個人曾經救過路卡陛下與阿爾文殿下的性命。

可是正因爲這點，更讓人質疑沈夜的能力。幾乎所有人都認爲，是路卡陛下想要報答沈夜的救命之恩，才拚命往少年臉上貼金。

這所謂的賢者，水分可大了！

可是「賢者」在民眾心目中地位超然，而且有著眾多特權，即使路卡是帝國的君主，這安排也無法讓人民信服。這次任性的舉動，甚至還使他民望下滑，讓許多尊崇皇帝的民眾失望萬分。

至於那些對路卡忠心耿耿的下屬，雖不會因爲此事質疑他們的君主，但是心裡卻與眾多人民一樣，並不相信沈夜這個年紀輕輕的小伙子，有著被稱爲「賢者」的資格。

當這些下屬聽到皇帝陛下因此事受到非議，人民只差沒明著說他昏庸時，他們更是忍不住遷怒到那名少年身上。

甚至還有人猜測，路卡陛下明明有很多方法可以回報救命之恩，卻做出如此離譜之事，唯一的解釋，便是沈夜挾恩圖報，主動要求路卡這麼做，路卡不得已才答允下來。

種種的猜測，讓少年瞬間成爲帝國的熱門話題，也使他還未公開露面，眾人對他的觀感便已變得非常差勁。

賢者的位子是那麼好坐的嗎？帝國內的人民皆引頸翹望，就等著看這個不自量力之人的笑話！

Chapter 1
再見伊凡兄妹

沈夜這位近期艾爾頓帝國人民爭相討論的熱門人物，懵然不知眾人對自己的觀感，這幾天在城堡過著養尊處優的生活，並不曉得他才剛來到皇城不久，便已成爲不受歡迎的人物。

這天早上，沈夜在城堡柔軟的大床上舒舒服服醒來，容光煥發地與路卡和阿爾文共進早餐時，被阿爾文一個簡單的問題問倒了。

「沈夜，伊凡與賽婭想見你，你要見他們嗎？」

沈夜愣了愣，隨即不禁感到有些心虛。想起「十五年前」，他在失落神殿一聲不響地消失，即使伊凡性格淡漠，但他們畢竟曾一同奮戰過，他的失蹤應該也讓這孩子不好受吧？

對於伊凡，沈夜還可以說因爲不相熟，自己的失蹤對對方來說也許不算什麼；可是對於賽婭，他則完全找不到藉口了。

沈夜知道，這個溫柔善良的女孩看起來軟綿好欺負，其實卻有著一顆外柔內剛的心，而且個性非常固執，認定一件事後就是九頭牛也拉不回來。當沈夜從奴隸商人手中買回賽婭以後，這個女孩便認定了沈夜這個主人，一直很盡責地做好貼身侍女的工作。

重新回到這個世界後，沈夜明明認出了伊凡與賽婭二人，卻故意不與他們相認，這事怎樣看都是他的不對。

尤其伊凡是沈夜回來後，第一個遇見的熟人啊！雖然一開始沈夜根本沒認出他來，但在知道眞相後，兩人還一起旅行了好一段時間……

也就是說，伊凡是被沈夜瞞騙的人之中，時間最長的一個！

想到這裡，沈夜便覺得更感心虛。

雖然心中滿是歉意，不過沈夜並不打算逃避，畢竟兩人都是他的舊友，沒有避而不見的道理。伊凡曾與他並肩作戰，在他重回這個世界時又救過他的性命；至於賽婭，更是被他當女兒養過一陣子。即使現在兩人過得很不錯，而且當年的消失實屬身不由己，但他還是有種遺棄小孩的歉疚感。

其實最讓沈夜覺得難以面對的，終究還是雙方年齡的變化。在眾人眼中，沈夜已經失蹤了十五年，但他自己只覺得才分開沒多久，實在難以適應小包子們迅速長大，變成比自己還要年長的俊男美女啊！

相認什麼的，感覺好彆扭！

至於會不會不好解釋那十五年的空白？所幸這是塊魔法大陸，也幸好沈夜消失的地方是神祕的失落神殿。在那裡，發生任何奇異事件都比較容易被接受，他只要一問三不知就可以了。

反正遺失在歷史洪流的咒語那麼多，說不定有些能把人傳送到別的時空呢。

這種事要是發生在地球，他說不定會被視爲稀有生物而抓去實驗室解剖吧，可是在這個世界，人們得知他的經歷後，都是「眞可憐，大概是觸動了一些潛藏的時空禁咒」之類的反應。

先前沈夜一直受地球人的慣性思考影響，才不敢把自己的身分告訴阿爾文等人，就怕這件事太過驚世駭俗。結果證明，這十五年來的空白，在這個世界的人眼中雖然令人驚訝，但也沒什麼大不了。

沈夜還不禁慶幸，決定坦白以後，阿爾文與路卡對他的態度仍一如以往地親暱，並沒有讓他失望。

因爲有了路卡與阿爾文的反應在前，對於面對賽婭與伊凡一事，沈夜便變得沒那麼排斥了。

反正無論他們的年紀變得多大，還不都是被我這個作者創造出來的孩子？誰敢因爲我年紀變得比他們小，而看不起我!?

沈夜在心裡小小地驕傲了下。

想通後，沈夜也有點想念伊凡與賽姬了，因此猶豫片刻，便頷首道：「我想見見他們！」

說了這句後，沈夜這才想到這裡是皇帝的城堡，他這樣說好像有點喧賓奪主。他本身已是個借住的，態度還這麼隨意地放人進來，好像有點說不過去，便不確定地補上一句：「或者我出去找他們，會比較方便？」

聽到沈夜識相地詢問，路卡放下手中刀叉、看著少年，一臉溫和同時鄭重無比地說道：「小夜，你不用如此小心翼翼。從此以後，這裡也是你的家了。而且以你的身分，讓外人出入城堡是完全沒有問題的。」

「什麼?我的身分?我有什麼身分?」沈夜莫名其妙地反問了聲後，才想起不久前拜託路卡的事：「難道路卡你已經幫我找到工作了?那麼快?」

路卡微笑著點了點頭：「是的，對於你的工作安排，我已經決定了。不久便會有個任命儀式，到時候我會帶你去認識一下這裡的官員。」

聽到還須要認識官員，沈夜覺得路卡爲他安排的工作似乎並不簡單。正想詢問到底是什麼職位時，阿爾文卻把話題拉回伊凡兄妹身上：「他們現在正等候著，如果你想接見，讓萊夫特安排他們到會客室等候？」

沈夜道：「伊凡和賽婭也不是外人，讓他們到我的房間好了。」

不得不提，沈夜的「房間」，簡直就是一組獨立的套房。裡面有著客廳與獨立浴室，甚至還有一間小書房。沈夜覺得相較於華麗卻讓人感到疏離的會客室，若要接待朋友，還是到他的房間來得好。

聽到沈夜的話，阿爾文有點意外地愣了愣，隨即眼裡露出明顯笑意。

沈夜看向站在一旁、侍候眾人用餐的萊夫特，說道：「麻煩你安排了。」

經過幾天的相處，萊夫特很清楚路卡與阿爾文對沈夜的重視。即使如此，每次看到兩人與少年在一起時那親暱又溫馨的氣氛，他仍覺得不可思議。聽到沈夜的吩咐，城堡總管微笑道：「您太客氣了，這是我的份內事。」

想到伊凡他們還在等候，沈夜便加快了用餐速度，掃完碟子上本已剩下不多的食物後，便對路卡兩人笑著揮了揮手：「那我先回房間了。」

他完全忘記詢問路卡，到底爲自己安排了什麼職位。

少年離開後，路卡不禁笑道：「皇兄，你剛剛是故意岔開話題的吧？」

阿爾文咧嘴一笑：「反正你已爲小夜準備了晚宴，打算正式把他介紹給大家，到時候小夜自然就知道你爲他準備了怎樣的位子。你不覺得到那時才讓他知道眞相，會更加有趣嗎？」

路卡挑了挑眉：「你就那麼肯定伊凡與賽婭不會事先告訴他？」

阿爾文道：「我已告訴他們要幫忙保密。」

「我不認爲在他們眼中，你的地位會比小夜來得高。事關小夜，他們應該不會買你的帳吧？」路卡對於阿爾文的自信表示懷疑。

阿爾文笑道：「他們會幫忙的，如果他們想要跟隨小夜的心，至今還未改變的話……」說罷，青年露出了惡作劇般的笑容：「眞是期待晚上的宴會啊！」

□

當沈夜回到房間時，伊凡與賽婭已在房裡等待著。

看到沈夜現身，賽婭立即一臉激動地上前：「沈夜少爺？」

賽婭不確定地詢問沈夜的名字；伊凡雖然沒有說話，卻也隨著賽婭的動作站了起來，藍色眸子凝望著沈夜，等待對方親自承認自己的身分。

看著賽婭泫然欲泣的神情，沈夜嘆了口氣，隨即嘴角勾起一個漂亮的弧度：「賽婭、伊凡，好久不見了。抱歉，讓你們擔心了。」

女孩看到沈夜溫暖的笑容，只覺眼眶一熱，差點便要流下淚。這個人依然如記憶中溫厚善良，那雙黑曜石般的眼眸所流露出的暖意，曾經是她的救贖。

雖然現在的她已今非昔比，但仍一直以沈夜的侍女自居，聽到自家少爺竟然向自己道歉，頓時急了：「少爺，這並不是您的錯，您不用向我們道歉。要不是您被我們兄妹倆連累，也不會被人追殺，從而引發一連串的事。要說抱歉的話，是我們對不起您才是。」

賽婭想起當年被人追殺時的惶恐，以及沈夜把她推進傳送陣裡，義無反顧地留下來的身影；現在看著眼前少年仍帶稚氣的臉龐，女孩只覺得心裡止不住地疼痛了起來。

這十五年來，每當賽婭回想起沈夜時，腦海裡浮現出來的，都是寬厚善良、高大可靠的印象。然而重遇對方以後，她才驚覺那時的沈夜，也不過是個十六歲的少年。

當年就是這個稚氣尚存的少年照顧她、保護她，即使遇上了致命的危險，也從沒有放棄過她。

賽婭總是想著，自己到底何其幸運，竟然能夠遇上這麼一個既關懷自己、又重情重義的主人？

雖然沈夜並未正式與賽婭簽下主僕契約，可是賽婭卻一直把沈夜視為主人。這種心情，即使在她已成為出色魔法師的現在，也從未改變。

這個世界與沈夜曾經生活的民主國度不同，主僕地位分明，身為奴隸，他們不斷被灌輸著要為主人服務、一切以主人為優先的思想。對主人的忠心，更是身為奴僕的最高準則。

雖然沈夜一直只視賽婭爲一個需要照顧的小女孩，並未把對方奴隸的身分太當一回事。

但在賽婭眼中，她卻是被沈夜買下的侍女。從小被德斯蒙得灌輸「主人的命令是一切」等思想，即使她是個有主見的女孩，也難免受到影響。而當主人變成有救命之恩、並處處照顧她的沈夜時，賽婭更是甘之如飴。

也因此，女孩一直固執地等待沈夜回來，以及自己能再次效忠少年的日子。

沈夜看到賽婭紅了眼眶後，頓時手足無措。他不希望賽婭傷心難過，卻又不知道該如何安慰對方，只得笨拙地試圖轉移話題：「這些年來你們過得好嗎？想不到一分別便過了十五年之久。賽婭，妳能爲我說一下這些年來國家的變化嗎？前陣子路卡他們忙著處理傑瑞米的事，我不好意思打擾，有些事也不好隨意詢問旁人，至今仍搞不清楚狀況呢！」

察覺到沈夜的用意，伊凡向少年看了一眼，素來淡漠的視線像融化的初雪般，變得溫和。可惜此時沈夜的注意力全放在賽婭身上，並沒有注意到青年這難得的眼神變化。

對賽婭來說，沈夜的要求絕對是最優先的。因此她也顧不得傷感，立即依了對方的要求，娓娓道出自己知道的一切。

十五年的時間，發生的事情實在太多了，即使賽婭只選了一些重要的大事來說，也足足說了快一個小時，才讓沈夜弄清楚現在的國情。這還是在沈夜已經回來了一段時間，並且因爲身爲作者而了解這裡的世界觀的狀況下。

從賽婭口中，沈夜得知當年兩名小皇子回到皇城後，病重的皇帝不久便駕崩了。路卡順理成章地成爲皇帝，而身爲皇帝養子的阿爾文雖然身分尷尬，但在路卡的堅持下，仍被冊封爲公爵，與傑瑞米平起平坐。

當然，傑瑞米在帝國積威已久，那時的路卡與阿爾文兩人加起來，也完全及不上對方的一根指頭，因此傑瑞米很放心，任由路卡登上皇位。也許他早已視皇位爲囊中之物，而路卡只是暫時的保管者。

傑瑞米認爲，對方年紀還小，他想什麼時候把人拉下來都可以。這個男人在帝國內的名聲一向很好，而他也是個愛惜羽毛的人。在前任皇帝屍骨未寒的敏感時刻，傑瑞米決定先讓路卡當皇帝，穩住國內的局勢。

何況他並不確定前任皇帝有沒有留下任何後手，在弄清楚路卡手中是否握有祕密勢力前，不想輕率出手。

在兩個孩子面前，傑瑞米一直表現出疼愛姪子的皇叔模樣，沒有洩露自己絲毫的野心。

然而路卡與阿爾文卻因先前遭到暗殺一事，早已對他有了懷疑。懷疑的種子只要種下，即使傑瑞米的表現再完美，也總會讓人看出破綻。

路卡與阿爾文二人年紀雖小，但都不是省油的燈。在小說中，光是阿爾文一人便足以讓傑瑞米焦頭爛額，更何況現在多了路卡這個聰明才智不落下風，且比阿爾文更加名正言順的皇位繼承人呢？

在傑瑞米依然把兩人視爲不足爲患的小屁孩時，路卡已在不知不覺中坐穩了皇位，並且在擁有足以自保的實力後，一改先前乖巧平庸的形象，開始嶄露鋒芒。

忙著在邊境建功立業的傑瑞米回到皇城後，才驚覺那個年幼無能、遇上大事總會詢問自己意見的小皇帝，竟已一腳把自己踹開了。當路卡已成爲口碑載道的仁君時，局勢已經無力回天。

傑瑞米原本懷著趁路卡年紀小，想把這孩子養歪的打算，要是路卡愚昧昏庸，他便可以有藉口取代對方的位子。豈料這孩子表面上被他寵得不像樣，但卻只是用來蒙蔽他的假象。

傑瑞米眼看小皇帝已成氣候，便知道把人捧上皇位、再取代其位這條路已經不可行了。

雖然他在軍隊中仍擁有很大的實權，可是同在軍隊打拚的阿爾文，不知不覺間分走了他部分權力，因此傑瑞米若還想要當皇帝，只得與他國合作，才能有機會反敗為勝！

於是被野心蒙蔽的傑瑞米，順理成章地叛國了。

當年兩名小皇子回到皇城後，因著沈夜的情分，對賽婭相當不錯。在得知女孩的魔法天賦後，不僅資助她讀書上學，還在她需要進階法力時，為她購買元素覺醒所需的藥劑，讓她成功從魔法學徒，成為了人人稱羨的魔法師。

當然賽婭本身也非常爭氣，出色的天賦更獲得布倫丹的垂青，把她收為關門弟子；後來她更成爲魔法學院的首席，獲得前往歐內特斯帝國當交換生的資格。

至於賽婭的舊主德斯蒙得，當年因派員刺殺兩名皇子殿下而被抓捕——老實說這個罪名對德斯蒙得來說還滿冤的——他大概永遠想不到，只是派人去刺殺賽婭這個無權無勢的小女孩，竟然會惹上皇子吧？

伊凡自然仍留在賽婭身邊，那時阿爾文與路卡正值用人之際，他們不知道朝中哪些是傑瑞米的人，一直小心翼翼地尋找可以信任的伙伴。而背景單純、能力出眾的伊凡，自然成爲兩人招攬的目標了。

伊凡與路卡他們也算得上是從小一起長大的伙伴，最重要的是，伊凡雖然性子冷漠，卻非常重視賽婭這個唯一的妹妹。而賽婭很重恩情，因此只要女孩一直謹記著路卡他們的恩情，伊凡背叛的可能性可說是零。

也因爲如此，面對伊凡偶爾的不服從態度，又或者出任務時那獨斷獨行的高傲姿態，身爲直屬上司的阿爾文也都睜一眼、閉一眼。

而伊凡的實力又是實打實的厲害，因此一些人即便看不慣他的「特權」，但在多次碰釘之下，也被對方打得沒了脾氣。結果就演變成沈夜與伊凡重遇時，青年那種總是脫離於團隊之外，只在重要時刻才出手的奇怪狀態了。

要不是伊凡至今仍未宣誓效忠路卡與阿爾文，只怕傑夫這個副手的位子，已由伊凡取而代之。

知道伊凡兄妹這些年來過得很不錯後，沈夜感到非常欣慰。畢竟因為他當年的介入，改變了伊凡與賽婭兩人的命運，因此對他們總有種使命感，要是他們過得不好，會有種是自己的錯的感覺。

少年聽著賽婭說起他們兄妹倆的事時，那雙黑曜石般的眸子因專注而閃閃發亮，隨即更因兩人的出色表現而露出欣喜的神情。

單純因為別人的幸福與成功而與有榮焉，這是一種多麼純粹的喜悅？

看到少年為他們而欣喜，賽婭不由自主地跟著勾起嘴角，伊凡眼中也不禁泛起一絲笑意。

沈夜並不知道，正因為他這發自內心為伊凡兄妹倆感到高興的笑容，讓青年一直觀望著的心定了下來。

賽婭看了伊凡一眼，見兄長對自己點點頭後，頓時雙目一亮，露出興奮的神情向沈夜說道：「既然少爺您回來了，從此以後，我便是您的貼身侍女。」

沈夜被賽婭這番話嚇了一跳：「賽婭妳胡說什麼呢？我們並沒有訂下主僕契約，而且當年我把妳從捕奴隊手上買下來，也只是爲了保住妳的性命。現在妳已經是個大魔法師了，更是國家正式冊封的宮廷法師。做公務員多有前途，當侍女哪有這鐵飯碗來得好？」

然而沈夜愈是拒絕，愈顯示出當年他買下賽婭時的無私，更加深了女孩效忠他的決心。

沈夜轉頭看向伊凡：「你就不勸勸她？」

你的妹妹堅持要當侍女耶！你這個當哥哥的不說她一句嗎？

伊凡淡然說道：「我尊重賽婭的決定。」

沈夜聞言一窒，看到伊凡一副事不關己、高高掛起的神情，只得再次看向賽婭。然而對方沒有說話，只是倔強地直盯著沈夜。

沈夜揉揉發疼的太陽穴，勸道：「賽婭，妳現在是布倫丹的關門弟子，在外的表現同時也代表布倫丹的顏面。如果妳眞成爲我的侍女，妳的老師將情何以堪？」

沈夜本以爲這句話足以說服賽姬，她是個善良且感念恩情的女孩，可以爲了報恩執意當他的侍女，但要是這件事會影響到對她有著教導之恩的布倫丹，賽姬就不得不在意了。

然而出乎沈夜意料，賽姬聞言只是笑道：「老師會理解我的選擇。」

理解啥？理解他辛苦調教出來、最寵愛的關門弟子去當侍女嗎？

不可能吧!?

賽姬見沈夜一臉不信，露出狡黠的笑容：「今天晚上，路卡陛下不是爲少爺您舉辦了一場宴會，打算把您正式介紹給大家嗎？屆時老師也會出席，少爺可以直接詢問老師意見。如果老師不阻止，應該就沒有問題了吧？」

基本上，沈夜覺得除非布倫丹的腦殼壞掉，否則哪會答應賽姬這種離譜的要求？但看到女孩自信滿滿的神情，少年又不確定了。

賽姬見對方一臉疑惑，在心裡暗自好笑，臉上卻露出哀傷的神情，說道：「即使老師許可也不行嗎？難道少爺您眞的那麼討厭我？我有什麼不好的地方嗎？」

雖然沈夜仍覺得把大有前途的天才魔法師收爲侍女，實在是大材小用，不過對方願意，而且她的老師與兄長都認可的話，自己再拒絕就顯得矯情了。

因此，看到賽婭露出泫然欲泣的神情時，沈夜連忙應允下來：「好吧！但一定要先獲得布倫丹法師的允許喔！」

賽婭立即破涕而笑：「這是當然的。」

沈夜見賽婭應允得如此乾脆，有種對方挖了一個坑，正等著他跳進去的感覺。

此時，一直沉默著的伊凡突然發言道：「如果賽婭成爲你的侍女，爲了照顧她，我會申請作爲貼身護衛保護你。」

沈夜嘴角一抽，心想：這算什麼？買一送一嗎？

冰山瞬轉忠犬，感覺一點都不萌好嗎!?

伊凡你一直酷酷地保持沉默就好，我不需要你這時候冒出來刷存在感，謝謝！

當然，這些話沈夜只敢在心裡說，不敢直接說出來。而且伊凡的態度明顯與賽婭不同，他並不是在請求，而是知會而已！

算了……反正一隻羊是趕，兩隻羊也是放，也不差在兄妹倆一起收編吧！

而且布倫丹是否會應允賽婭的請求，還是個未知數呢！

雖然心裡這麼想，但看到賽婭與伊凡那副自信的模樣，沈夜總有種預感，晚上的宴會恐怕會很熱鬧呢……

Chapter 2
食人花

由於伊凡晚點還有任務，因此兄妹倆並未待太久，隨即便告辭離去。原本賽婭想要留下來，但沈夜聽到她興致勃勃地要為他挑選晚宴用的禮服，甚至還要服侍他淋浴更衣時，便果斷地把熱心無比的女孩趕回去了。

現在賽婭還未正式成為他的貼身侍女呢！留下來為他淋浴更衣什麼的，這也太容易讓人誤會。

沈夜知道賽婭只是想努力做好侍女的本分，在自己面前留下好印象，但別人不知道啊！

要是他們因此還鬧出什麼緋聞就不好了，賽婭那個傻女孩沒有這方面的自覺，所以沈夜不得不為她著想。

結果才剛打發賽婭不久，侍女一、二、三、四、五號便拿著禮服魚貫入內。除了淋浴這事在沈夜的堅持下自己解決外，其他事前準備少年都交由侍女們打理了。

即使來到城堡已有幾天，但對於一向喜歡親力親為的沈夜來說，讓人服侍什麼的實在有些不習慣。但他知道如果要一直留在路卡與阿爾文身邊，總有天得要適應這種事。

既然要幫助阿爾文兄弟倆，沈夜便要在皇城取得一席之地。隨著他的身分愈來愈高，排場只會變得更加誇張。沈夜並沒有獨斷獨行的打算，更沒有偉大得要改變這個世界數千年的傳統，成爲解放奴隸的救世主。

沈夜謹記著自己是來幫助路卡他們，而不是來爲兩人添亂的！

淋浴後穿上內衣，沈夜感受著侍女用毛巾揉乾自己半濕的頭髮，再替他換上繁重的禮服。整個過程他就只是偶爾合作地抬抬手，幾乎動都不用動。

城堡裡的侍女全都經過最嚴格的訓練與篩選，絕對是有多貼心就有多貼心。無怪乎那些貴族都那麼喜歡享受，畢竟糜爛的生活實在太容易令人沉迷，讓人輕易地墮落啊！

換上一身奢華的禮服後，宮廷禮儀官便來教導沈夜一些禮儀。沈夜見對方只演示了一些簡單的問候禮，不禁疑惑地歪了歪頭：「就這些？我以爲這裡的禮儀都很複雜。」

禮儀官微笑道：「路卡陛下已經交代過，即使面對皇帝陛下，您也不必行禮，因此只要學會問候的禮儀便已夠用。」

沈夜遲疑著，並再次詢問：「可是我不是要在城堡工作嗎？難道面對我的上司也不用行禮？這樣不太好吧……」

面對沈夜的詢問，禮儀官只是微笑不語。一旁觀看沈夜學習的阿爾文見狀，上前安撫地拍拍沈夜的肩膀，霸氣地說道：「放心，不會有人對你指手劃腳。」

沈夜被他們說得沒了想法。

他只是個初來乍到的新人，這麼踐眞的好嗎!?

□

沈夜在阿爾文與路卡的陪同下踏進宴會廳時，心情不禁有些緊張。此時宴會已經開始，樂團正演奏著悠揚的音樂，衣香鬢影交錯生輝，權貴們三三兩兩地聚在一起，言談甚歡。

當沈夜三人現身時，宴會廳內的眾人皆不約而同地朝著他們行禮。

沈夜被這場面弄得心裡有點發怵，但臉上仍保持得體的微笑，不疾不徐地跟著路卡二人前進。

雖然沈夜掩飾得很好，但身旁的兩個青年皆非常善於觀察人心，輕易便看出他心裡的緊張。想到當年對他們諄諄教導的「沈夜哥哥」還有著這麼稚嫩的一面，便不禁心裡暗自好笑，卻又覺得倍感親切。

行禮後，眾人視線投放在那名陌生的黑髮少年身上。這些有資格出席晚宴的人，全都有著不俗的身分，自然也有各自收集情報的門路。何況路卡並沒有隱瞞冊封沈夜爲賢者的打算，甚至還故意推波助瀾，所以這消息像長了翅膀般，迅速流傳開來。就連皇城內的平民都收到了風聲，更何況是這些權貴呢？

沈夜將被冊封爲「賢者」一事，在場的人全都知曉，大概只有沈夜本人對於路卡的安排懵然不知吧？

一眾權貴好奇地打量著沈夜，只見少年容貌清秀，臉上略帶稚氣。他有著稀有的黑髮黑瞳，柔和的五官也與眾不同，相貌充滿著異國風情；黑曜石般的雙眼清澈明亮，有著很乾淨的眼神；一身親切的氣息讓人不由自主地想要親近，是個很有親和力的人。

這名少年怎麼看都是一副好欺負的模樣，眾人實在看不出他到底有何出色之處，能讓路卡將他捧上賢者這個高高在上的位子。

身為主辦方的皇帝路卡，微笑著發言：「感謝大家的到來，藉著這次晚宴，我向大家介紹一個人。」

說罷，路卡回首，看向站在自己左後方的沈夜：「小夜，你上前來。」

沈夜知道路卡要把自己介紹給在場的權貴，便按捺住心裡的緊張走上前，並朝底下黑壓壓的人群露出得體友善的微笑。

然而他淡定的神情，在對方說出「賢者」二字後，瞬間出現了裂痕。

接下來的冊封儀式，沈夜都是一副渾渾噩噩的模樣。當他回過神時，已經在希潔爾祭司的引導下向創世神起誓，效忠於艾爾頓帝國，並正式被冊封為帝國的賢者。

看到沈夜得知自己被安排的職業，竟然是賢者這個高端大氣上檔次的職位時，少年那副受到莫大驚嚇的模樣，讓路卡與阿爾文皆很不厚道地笑了，立即換來沈夜幽怨的目光。

正事完畢後，宴會繼續進行。隨著音樂再次響起，眾人不是笑語盈盈地交際，就是走到舞池內翩翩起舞。

路卡作風親民，爲人和善、脾氣又好，尤其在舞會這種輕鬆的場合，更是沒有絲毫架子。這位尚未娶妻、年輕英俊的皇帝，是不少未婚少女的夢中情人。

眾多貴族少女圍繞在路卡四周，努力在皇帝前刷存在感。路卡見狀也不介意，笑咪咪地與這些女生交談，讓一眾夢想著飛上枝頭成爲皇后的女孩子興奮不已。

沈夜有些同情地打量這些作著美夢的女生，替她們看不出眞相而感到悲哀。路卡對她們一視同仁地和善，就代表青年根本沒有對任何一個女生另眼相看。更何況，還有瑪雅那朵本來屬於阿爾文，但現在應該已將攻略目標換成路卡的僞聖母白蓮花呢！

憑那朵僞白蓮殺人不見血的手段，一隻小指頭便可以把她們捏死了！

沈夜看著路卡溫和應付著一眾貴族千金，並同時巧妙地從她們身上套取有用的情報，他不禁覺得這位年輕皇帝的微笑變得很滲人，不自覺地往旁邊退了開來。

看到沈夜的動作，阿爾文眼中閃過一絲笑意。

同樣身爲炙手可熱的未婚男性，阿爾文可沒有路卡的那份耐心，銳利的眸子一掃，立刻擊退了企圖與他攀談的少女們。

青年看到沈夜不贊同的視線，便笑著聳了聳肩：「沒辦法，我就是覺得這些女人很煩。反正我爲人爽直、作風強硬，不懂得憐香惜玉這一點，人盡皆知。這樣也不錯，讓她們去黏著人見人愛的路卡好了。而且我不是很忙嗎？得要一邊看著你，免得你被那些吃人不吐骨的權貴吞得渣都不剩。」

果然少女們才剛散開不久，就輪到一些達官貴人上前，對沈夜施展各種恭維與試探。阿爾文一直留在沈夜身邊，以便在少年應付不了時出面爲他解圍。

與這些權貴交談遠比少年想像得還累人，也許因爲他這個新上任的賢者還未有任何實質性的貢獻，因此這些貴族與他交流時，總是表現出令人十分不悅的傲慢與冷淡。

其實沈夜並不怎麼介意他們這種骨子裡流露出來的傲慢，也不是無法從他們那種話中有話的僞裝裡找到自己想要得到的資訊，但這些互動實在累人啊！

每說一句話都要思考背後的意思，而且各懷心思的牛鬼蛇神太多了，包著糖衣的毒藥永遠讓人防不勝防。沈夜只是個初來皇城的新貴，要是不夠謹慎，只怕連怎麼死的都不知道。

幸好這些權貴還挺識趣，應該說，現在的沈夜還不夠格讓他們花費太多時間討好。因此這些人都是前來與少年打聲招呼，寒暄片刻後便告辭離去。

等這些權貴散去後，賽婭與一名男子緩步而至。

看到這名拿著魔杖、身穿魔法袍的中年男子，沈夜立即猜到他的身分。

他正是賽婭的老師，同時也是魔法師公會會長——布倫丹。

當年沈夜帶著路卡與阿爾文到千帆城，就是想尋求布倫丹的庇護，想不到最終卻與這名偉大的魔法師擦身而過。現在終於見到時，竟已是十五年後，世事還眞是讓人意想不到。

沈夜記得布倫丹與前任皇帝同年，因此這個男人現在應該已四十歲了。這十五年間，布倫丹從魔導士成功進階爲傳奇法師。四十歲的年紀，對於擁有漫長壽命的傳奇法師來說仍相當年輕，甚至只要他願意，還可以隨時改變自己的外表年齡，讓身體保持在最佳狀態。

不過布倫丹顯然沒有花心思改變自己的外貌，沈夜覺得也沒有這個必要，因爲對方是個很有魅力的男人。雖然他那蒼白得過於病態的皮膚，以及生人勿近的陰沉神色，實在使他的魅力有點打折扣，但人家就是長得俊啊！

布倫丹有著一張刀削般輪廓分明的臉，靛藍色眼睛彷彿能看透人的靈魂，黑色長髮襯得他皮膚更爲蒼白，卻帶著一種病態的美。

就連平凡的魔法袍，布倫丹也能穿出禁慾的美感，要不是知道他眞的是個人類，沈夜還以爲是從哪部電影跑出來的美型吸血鬼啊！

所以說，這是一個看臉的世界。

只見布倫丹陰沉著張臉，向阿爾文他們行了一禮；沈夜看到阿爾文示意，立即回以一個問候禮。

此時沈夜也醒悟到，雖然這是皇權至上的世界，但同樣也是個強者爲尊的社會。

身爲賢者，他在帝國的地位很高，似乎只有遇上布倫丹這種在某個領域上的強者，以及阿爾文這種皇族才須要行禮。當然，無論是路卡或阿爾文，都早已豁免了沈夜的各種禮儀。

沈夜盯著怎麼看都不好相處的布倫丹，終於明白爲什麼賽婭能夠獲得這個男人的看重了。畢竟這女孩除了天賦好，個性更善良，再難搞的人與她相處都能感到如沐春風。尤其照顧的人是自家老師，賽婭自然更是盡心盡力。

「老師，我爲您介紹，這一位便是我先前說過，曾經救過我性命的沈夜少爺，同時也是帝國新冊封的賢者。我是少爺從捕奴隊手中買來的侍女，現在少爺回來了，我想要繼續追隨他。老師，可以嗎？」

布倫丹聞言，便把陰惻惻的視線投至沈夜身上。在對方眨也不眨的凝視下，沈夜覺得自己嘴角的微笑快要hold不住。這個彷彿評估著商品價值的視線太嚇人了！

良久，布倫丹用漫不經心的語調說道：「隨妳喜歡吧，跟隨一名賢者也不算辱沒了妳的才華。但妳的功課不能落下，每個月底都得到我的法師塔進行考核。」

賽婭聞言，立即喜孜孜地道謝：「謝謝老師。」

聽到布倫丹的話，沈夜總算明白爲什麼賽婭先前那麼肯定對方會同意了。

因爲他是偉大的賢者大人嘛！

也就是說，連賽婭都知道的事，只有他本人不知道!?

想到這裡，沈夜有點生氣地瞪了身旁的阿爾文一眼。此時布倫丹再度發話，這才將阿爾文從少年的狠瞪中解放出來：「我還有魔法研究要進行，先失陪了。賽婭，妳就不用跟著我了。」

說罷，布倫丹再度看了沈夜一眼。沈夜被那深不見底的眼眸看著，一陣頭皮發麻，連忙保證道：「請放心，我會好好照顧賽婭的。」

賽婭倒是十分習慣布倫丹這副陰沉的模樣，對此完全沒有像沈夜一樣的不自在，反而憂心忡忡地說著：「請老師今晚早些休息，您已經好幾天沒有好好睡一覺了。」

聽到賽婭的話，沈夜終於明白布倫丹的臉色爲什麼會蒼白得像鬼了。小說中對布倫丹這個角色著墨不多，他原來還是個研究狂人嗎？

對於賽婭擔心的表現，布倫丹不置可否地點了點頭，便轉身離開。不得不說，宴會才剛開始便離場，這個男人實在任性得很。不過他特地先過來與沈夜這個主角打聲招呼，倒還算不上失禮。

最重要的是，布倫丹看著沈夜的目光雖稱不上友善，但卻無偏見，沒有帶任何主觀的猜疑，與那些笑容可掬、表現得親切友善，然而眼神卻埋藏著輕蔑與探究的權貴不同。讓少年覺得布倫丹這個陰沉冷淡的人，反而比那些談笑風生的權貴更加討喜。

敲定了賽婭擔任貼身侍女，之後甚至可能還會加上一條名爲「伊凡」的尾巴後，就暫時沒沈夜的事了。

於是，空閒下來的少年開始打量起包圍著路卡的一眾貴族千金。如果沒猜錯，在這場合中，阿爾文的……不，現在已是路卡的桃花劫，應該也在。只是不知道在這群鶯鶯燕燕中，誰才是那朵僞白蓮了。

「哎呀！」

一道嬌呼聲響起，眾人順著聲音看去，只見包圍著路卡的眾千金裡，其中一名容貌標緻的少女側坐在地，一臉痛苦地按住白皙腳踝，楚楚可憐的神態我見猶憐，充分激起了男性的保護慾。果不其然，路卡已快步上前，彎下腰，向少女伸出了手：「這位小姐，妳沒事吧？」

沈夜嘴角一抽，心想不用找了，這位似乎就是本尊。

但不知道小白花這次只是想出來刷一下存在感，還是想陷害某位將來有機會成爲情敵的貴族少女？

只見小白花羞澀地垂下頭，露出天鵝脖子般的優美線條，含羞帶怯地把白皙柔荑放在路卡的掌心上，道：「我沒事，謝謝陛下。」

路卡小心翼翼地扶著少女，有點奇怪地詢問：「妳是第一次參加宴會嗎？我好像沒有見過妳？但卻又……有種似曾相識的感覺……」

少女聞言羞紅了臉，小聲說道：「陛下，我是您的表妹瑪雅，因爲母親在我出生後不久病逝，父親又遠在邊境打仗，便有幸被先皇接去，生活在城堡裡，那時我們還經常在一起玩耍；先皇過世後，我便隨同父親回到封地。這麼久沒見，陛下不記得也不足爲奇，剛剛我是因爲重遇陛下，太高興了，便想過來與您敘舊，想不到竟然被人……」說到這裡，瑪雅低呼了聲，摀住嘴，露出失言的懊惱神色：「我、我的意思是，想不到會這麼不小心摔倒在地。」

好幾名被瑪雅溫柔似水風姿吸引住目光的貴族青年，聞言皆同仇敵愾地說道：

「瑪雅小姐，難道剛才有人故意推妳嗎？別害怕，說出來，我們相信陛下會還妳一個公道！」

瑪雅一臉感動地朝這幾名見義勇為的青年一笑，隨即雙眼往旁邊總理大臣的女兒佩格看了一眼，便如受驚的兔子般立即移開視線，彷彿佩格是洪水猛獸般，說道：「不，真的只是我自己不小心！」

然而瑪雅剛剛的那一眼，已經說明了問題所在。

佩格雖然長相明艷，但性情囂張跋扈。除了那些迷戀她美貌的裙下之臣，其他人都對她頗為不喜。而且她也不是第一次在宴會裡欺負別的女生了，只因少女的父親是總理大臣，眾人才對她諸多忍讓。

現在看到瑪雅的表現，眾人毫不懷疑就是佩格欺負她。

感受到眾人責怪的視線，佩格頓時炸了：「妳胡說什麼!?說我推倒妳，妳有證據嗎？」

沈夜饒富趣味地看著路卡夾在兩名少女中間，一個像美艷帶刺的紅玫瑰，一個像高潔優雅的白蓮花，偏偏這兩朵鮮花再美，裡頭都是吃人不吐骨的食人花。嘖嘖！齊人之福不易享啊！

兩朵食人花對上的第一回合，最終還是白蓮花技高一籌。這次不僅大大在舞會上露了臉，還不會讓人覺得身爲「被害人」的她過於喧賓奪主；同時又能狠狠將最大的情敵、總理大臣之女佩格踩在腳下，利用對方的囂張來襯托她的溫柔善良，實在是一舉數得。這一摔眞是值得！

Chapter 3
溫室種植

沈夜記得在小說中，瑪雅的目標是阿爾文。她在小說中出場的過程與現在不同，時間也相對遲了些，也因爲當時已黑化一大半的阿爾文太過危險、太難搞定，瑪雅一開始並沒有親自接觸，而是利用佩格探路。因此在小說前半部分，瑪雅並沒有與佩格爭鬥，反而是彼此有力的支持者。

想到這裡，沈夜不禁對佩格投以同情的眼神。

這個女人不愧是瑪雅的好姊妹，即使這次兩人成了情敵，她也依然盡責地成爲僞白蓮的踏腳石。

要是瑪雅只是一朵有心計的僞白蓮就算了，然而沈夜知道這個女人的家族，其實是敵國設在帝國內的棋子。

偏偏沈夜沒有證據證明瑪雅的狼子野心，只得暫時按捺並觀望著。

雖然無法揭穿對方通敵賣國一事，但不代表沈夜能容忍這個少女一直在路卡面前刷存在感。

在知道對方眞實面貌的沈夜眼中，這朵僞白蓮的行動充分展現出八點檔電視劇中，女主角勾引男人的精髓。雖然她的演技略顯浮誇，但在美色的蒙蔽之下，男人大多時候只願意看到自己想看的東西，誰會注意其中的違和感？

想到這裡，沈夜苦惱地揉了揉太陽穴。他不知道眞相就罷了，既然明知道這是朵吃人不吐骨的食人花，又怎能放著眼前的狀況不管呢？

然而這種「兒子大了，要好好把關他選的媳婦」的既視感到底是怎麼來的=.=

見瑪雅柔若無骨的身子都要陷進路卡懷裡，沈夜終於忍不住發言：「路卡，我看這位小姐痛得連臉色都發白了，我的侍女是名魔法師，就讓她爲瑪雅小姐診治一下吧！」

舞會的主角、沈夜，這個帝國的新貴突然發聲，那些聲討佩格的聲音不由得靜止下來。

而聽到沈夜所言，眾人不禁一陣譁然。

剛剛他們聽到什麼？這個新任賢者竟然直呼陛下的名字！

眾人偷偷打量著路卡與阿爾文的神情，看到兩人神態自若的模樣，可見他們早已默認沈夜對他們的稱呼方式。

對於沈夜這位皇城新貴，眾人不得不重新審視起他的價值與地位。

君臣之間最寶貴的是什麼？是情分！

在一眾權貴被沈夜毫不忌諱的一聲「路卡」砸得暈乎乎之際，緊接著又聽到他說自家侍女竟然是尊貴的魔法師！

眾人立即看向低眉淺笑、站立在沈夜身後的賽婭，看著這位帝國新冊封的宮廷魔法師，隨著少年的話，乖順地上前準備為瑪雅診療時，全都露出吃驚不已的神情。

沈夜並不在意自己的一席話所引起的騷動，他轉向依然厚顏無恥地賴在路卡懷裡的瑪雅，道：「瑪雅小姐，妳既然傷得連站都站不穩，就不要勉強站著了。請坐下來，以免傷勢變得更加嚴重，而且這樣也方便賽婭為妳治療。」

聽到沈夜的話，佩格立即找回場子般對瑪雅冷嘲熱諷起來：「我原本還疑惑，妳為什麼要故意誣陷我推倒妳？原來繞了這麼大的一個圈子，是想藉機賴在陛下懷裡啊……真是個不知廉恥的女人！」

當沈夜的話一出，一些聰明人已看出蹊蹺，在聽到佩格這麼說後，看待瑪雅的眼神也變得不同起來，充滿了揶揄與懷疑。

瑪雅心裡暗恨，剛才明明形勢大好，怎麼那個沈夜只是隨口說了幾句，就使她優勢盡失呢？

雖然看起來是沈夜好心想爲她療傷，但以女性的第六感，瑪雅覺得對方是故意針對自己。

然而今天是與這個沈夜的第一次見面，自己從未得罪過他，難道少年只是單純看自己不順眼？又或者……他這麼做是爲了替佩格解圍？

無論哪個原因，瑪雅現在最重要的是得挽回劣勢。看這情形，勾引路卡的計畫是怎麼也無法進行下去了，不然只會適得其反。

於是在眾人的猜疑中，瑪雅頓時紅了眼眶。少女纖細的手臂用力一動，想要推開攙扶著自己的路卡；然而她的腳扭傷了，一離開路卡的懷中便往外跌。路卡見狀，連忙伸手穩住少女搖搖欲墜的身子。

佩格不禁冷笑了聲：「裝什麼清高呢？還挺像那麼一回事嘛！」

瑪雅聞言，一臉委屈地伸手推了推路卡，示意他放手。只是路卡看到她站都站不穩的模樣，又怎能真的放手呢？

姑且不論他對瑪雅的觀感如何，要是路卡現在鬆手任由瑪雅摔倒，那也太沒有紳士風度了。

路卡不肯鬆手，柔弱的瑪雅又怎能掙脫得開？眾人見瑪雅的手掙扎了幾下都掙脫不開，在佩格的言語諷刺下，急得淚水在眼眶打轉。這單純的少女連該怎樣爲自己辯解都不知道，委屈又尷尬地漲紅臉頰的模樣，有說不出的楚楚可憐。

眾人不免覺得剛才猜疑瑪雅的想法過於草率。這個如初雪般純潔無瑕的女生，怎麼可能會有那麼深沉的心計呢？

路卡見瑪雅急得快要哭出來，只得鬆開扶住少女雙臂的手。這次瑪雅雖然仍是站得不穩，卻努力獨自站好，一臉倔強的模樣。

雖然從瑪雅皺著的眉頭，以及蒼白的臉色可看出她的腳依然很痛，可是此刻這名受到眾人質疑的柔弱少女卻出乎意料地倔強，堅持不讓別人攙扶。這副揉合著柔弱與堅強的模樣讓人又疼又愛，瞬間讓這名不久前還被人猜疑是否故意要勾引皇帝的少女，不僅再次成爲舞會的焦點，還使人對她大爲改觀。

試問如果瑪雅眞想藉著傷勢來接近路卡陛下，那又怎會因爲別人的幾句質疑而放棄這個大好機會？她急著要推開皇帝的模樣也不似作假，不見那張羞澀小臉都快急得哭出來了嗎？

此時賽婭上前，爲瑪雅初步治療了腳踝的傷勢。

柔和金光消散後，瑪雅的腳踝已經消腫。賽婭柔聲叮囑：「我是名火系法師，對光系魔法涉獵不深。雖然瑪雅小姐只是扭傷，也沒有傷及筋骨，但我的治療終究只是初步處理，晚些時候還是讓祭司看看爲佳。」

瑪雅向賽婭綻放一個美麗羞怯的微笑：「謝謝妳，我……」

還不待瑪雅再說什麼，沈夜已說道：「在我家鄉有句話：『傷筋動骨一百天。』別看這只是小小的扭傷，影響或許可大可小。這傷勢可拖延不得，還是找專業的祭司看看吧！」

路卡聞言，立即表態道：「在皇室晚宴裡出了這種事，本就是我們的責任。請瑪雅小姐放心，我們會把事情安排妥當的。」

聽到皇帝的話，萬能的總管大人不知何時已來到瑪雅身前，同行的還有兩名抬著軟轎的傭人。總管萊夫特說道：「瑪雅小姐，請隨我來，我已安排祭司爲您做詳細的檢查。」

瑪雅想不到自己才亮相不久，這麼快便要退場，原本還想要多「表演」一會兒，加深眾人對自己的印象。可是現在再留下來，只怕便坐實了「心機婊」之名。

憋著一口怒氣無法宣洩，瑪雅恨得想要撕碎沈夜那張笑臉。然而少年每次發言都是爲她著想，讓她想要反駁也找不出理由，只能滿腔怨恨往肚裡吞。

滿心不甘的瑪雅，隨著萊夫特離開時，用著一雙如幼鹿般濕漉漉的大眼睛，含情脈脈地回眸看向路卡，打算離開前在皇帝陛下心裡留下印象。偏偏這時沈夜卻上前與青年說話，結果她這個含羞帶怯的眼神完全沒有落進對方眼裡。

看著佔據路卡所有注意力、與他不知道在討論什麼的沈夜，瑪雅幾乎咬碎一口皓齒，就連一直掛在臉上的嬌怯笑容，也不禁扭曲了幾分。

沈夜雖然與路卡說話，但其實有分出部分心神在瑪雅身上，看到她明明滿腔怨恨，卻又得硬裝成嬌弱的樣子，便心裡暗爽。

這可不能怪沈夜沒有紳士風度，硬是與一個女生過不去，只是他是個護短的人，雖然現在瑪雅還未對路卡二人造成任何實質傷害，但只要一想到對方的壞心腸，而且家族還處於與帝國敵對的立場，沈夜便不會對她手下留情。

敵人就是敵人，不會有男女之別！

現階段沈夜還未掌握瑪雅等人與敵國串通的證據，但要是讓他抓到瑪雅的小辮子，他絕不會客氣。屆時就不會像現在這樣小打小鬧，而是將她整個家族連根拔起，看她再怎樣害人！

至於現在嘛……就只能用較爲委婉的方法，盡力減少瑪雅與路卡的接觸了。

此時，沈夜也因自己剛上任的職位而感措手不及，決定向路卡詢問賢者的工作內容與所該肩負的責任，順道成功轉移青年對瑪雅的注意力。

光聽「賢者」二字，便知道這絕對是個高端大氣上檔次的職位。從路卡口中確定賢者在人民心目中的崇高地位後，沈夜頓時感到壓力山大，同時卻又覺得鬥志滿滿。畢竟只有站在高處，他才能更有效地幫助路卡他們。

雖然這個起點，還眞有點太高了……

當得知賢者所代表的意義後，沈夜滿心想著要盡快表現自己，做些利國利民的大事，才對得起路卡與阿爾文對自己的信任。

至於是否眞能做出好成績，沈夜倒是一點都不擔心。他有著先知先覺的優勢，而地球的科技比這個注重武技與魔法的世界先進得多，雖然沈夜那些從網路抄錄下來的知識龐多，但在這資訊傳遞緩慢、知識掌握在上層社會手中的世界裡，沈夜完全稱得上博學多才。

少年也同時慶幸自己的先見之明，從路卡那邊獲得的空間戒指裡，還存放著許多先前通宵達旦從手機網路上抄寫而來的知識。雖然駁雜，但有了這些手抄筆記，沈夜對於當賢者一事有著足夠的信心。

現在他要苦惱的，不是沒有拿得出手的技術，而是想爲帝國改革的東西太多了，反而不知該從何下手。

這還眞是甜蜜的苦惱耶！

雖然沈夜急著想證明自己，但他還是保留著理智。有些改革會嚴重影響某些人的利益，現在他的根基不穩，一開始並不適合涉足太多。

沈夜想了想，決定先從糧食下手。畢竟民以食爲天，要是人民連吃都吃不飽，國家又怎會強盛？

一想到這裡，少年便立刻去找路卡詢問相關事宜，正好讓青年錯過了瑪雅那回眸一眼的風情。

「既然我現在成了賢者，那總得做出一些成績。我打算先從農業開始著手，你有什麼好提議嗎？」此時沈夜回憶著眾多農業知識，一時之間想不到該從何處下手，便決定徵詢路卡的意見。

聽到沈夜的詢問，路卡臉上的笑容減退了半分，俊秀面容上浮現一絲愁緒：「雖然我們艾爾頓帝國土地肥沃，農作物的收成向來不錯，卻不像弗羅倫斯帝國那樣四季如春。每逢天災便導致農作物歉收，許多平民在寒冬中餓死。」

沈夜聽到路卡的話，忍不住心裡一陣悲哀。他出生在富裕的香港，那座城市有著各式各樣的援助機制。也許某些人的生活比較窮困，但卻從未聽過有人因農作物歉收而餓死。

不只是爲了在眾人面前立威，好穩固自身在皇城的地位，單單只是爲了能夠拯救受飢餓折磨的百姓，沈夜不自覺認眞了起來，苦苦思索著可行的方法。

沈夜起初想到的是基因改造的技術。經由改進基因，農作物的成長期便能大大縮短。可是仔細想想卻又覺得不可行，畢竟帝國並沒有相關科技，若要實行，須經過長時間研究，並非一朝一夕就能做到。

苦思良久，沈夜靈光一閃。他發現自己繞了好大一圈，一直想著如何利用科技的力量，但事情其實很簡單。

「路卡，你知道溫室種植嗎？」

路卡愣了愣：「溫室種植？」

沈夜解釋：「就是把植物遷移至室內種植，這樣便能在不宜耕作的冬季裡，多種植一批農作物。」

路卡道：「在室內種植農作物？這個想法是很好，可是行不通。植物需要陽光、水、泥土與養分，這些缺一不可。種在室內沒有陽光，農作物很快就會枯萎。而且，總不能為了種植植物而建築房屋吧？成本也太高了。」

沈夜聞言一愣，這才驚覺這個世界並沒有「溫室」的概念。人們能夠想像的，是把植物種植在不見天日的屋子裡。如此一來，先不說成本的問題，光是陽光方面便無法滿足種植的需要。

沈夜想了想，這個世界已有玻璃的存在，但因為技術問題，玻璃的透明度不高，無法讓陽光完好地透射進去。不過這問題不大，他在空間戒指中存有製造玻璃的方法。

但在這裡，玻璃似乎是昂貴的奢侈品，不少貴族都把製造玻璃的祕方視為命根子呢！還是不要斷人財路好了……

不用玻璃的話，用塑膠也能建造溫室，而且那種只靠簡單支架與塑膠撐起來的溫室棚成本低，搭建也很方便，比玻璃屋更容易推廣。不過沈夜深惡痛絕塑膠對環境造成的污染與影響，除非真的沒有其他能取代塑膠的東西，不然他絕不會輕易公開製作塑膠的方法。

一番思考後，沈夜決定先從溫室棚開始進行，「我們可以先嘗試搭建溫室棚，就是用棚架架起一些透明的材料，建成屋子的形狀，在裡面種植農作物。這種種植方法我已有腹案，只是用來覆蓋棚架的材料還沒有頭緒。路卡，你知道有什麼透明物質能夠透射陽光，而且防風防水，堅固又輕巧……」

路卡與阿爾文聽著沈夜從溫室棚的構想說到搭建所需的材料，愈是深入了解，便愈覺得少年的構想可行。

爲什麼那麼簡單的事，他們從來都沒想到呢？

要是沈夜口中的溫室種植眞的能成功推行，人們在冬季也能耕作的話，那麼帝國每年將會增加多少收成！至少不用再像現在這樣，擔心冬天缺糧、農民活生生餓死了。

「小夜，這事也許可行！我們再詳細討論一下。」阿爾文打斷了沈夜的話，拉著少年離開宴會廳。賽婭見狀，立即小跑步跟了上去。

相較於阿爾文的急性子，路卡雖然也急著想討論出答案，但表面上依舊維持得體的笑容：「萊夫特，讓鮑伯與查理士到會議室。」

路卡交代完萊夫特後，朝舞會中的眾人舉起酒杯：「因爲有一些重要事情須要商議，我與皇兄，以及小夜只得先失陪了。希望各位享受今天的晚宴。」

說罷，路卡便喝光酒杯裡的酒，向眾人微笑示意後，舉步離開了宴會廳。

看到沈夜等人先後離開，在場一眾權貴忍不住議論起來。不少有心人更是注意到，在三人離開後，城堡的總管萊夫特便找來鍊金術大師鮑伯，以及農務官查理士。只見他們低聲交談幾句後，兩位大臣也隨之離開了宴會廳。

這讓注意到這一幕的權貴不禁聯想，難道是那位新上任的賢者大人準備出手了嗎？而且是需要鍊金術大師和農務官配合的事……一些聰明人更已經開始往農業的方向想了。

沈夜並不知道他的離開引起了諸多關注，現在滿腦子都是設立溫室棚的事。

路卡與阿爾文看著沈夜一臉認眞、努力想說服他們支持此計畫的模樣，忍不住心裡暗自好笑。其實他們早已決定採用沈夜的建議，畢竟搭建一個溫室棚又不是什麼勞民傷財的事情。雖然要找到那種合適的透明覆蓋物有點困難，但事成所帶來的效益卻十分可觀。一想到此事成功後，能爲國家帶來的利益與影響，兩人便覺得心臟怦怦直跳。

這種好事，只有傻子才會拒絕！

爲了說服路卡兩人推行溫室種植，沈夜費盡心思，把自己所有知道的東西都說了出來。有時少年說著說著，還會出現新的立論，這些新穎的想法往往讓路卡兩人感到耳目一新，但他們卻維持一臉深沉並默不作聲，裝出一副仍在深思的神情，主要是想看看對方肚子裡還有多少貨可以吐出來。

沈夜正努力遊說著，但看到鍊金術大師鮑伯和農務官查理士進入房間後，便猛地停下嘴巴，並狠狠瞪了兩兄弟一眼。

既然已經找來相關人員來商議，也就是說他們一開始就已決定要嘗試這個方案，卻偏偏裝出一副還在考慮的模樣，害他浪費了那麼多口水，真是太可惡了！

路卡看見沈夜瞪過來的目光，心虛地勾了勾嘴角，阿爾文則是伸手揉了揉少年的頭髮，結果卻惹來對方更加凶狠的狠瞪，而他卻毫不在乎地咧嘴笑了起來。

走進會議室的鮑伯與查理士正好看到三人間的互動，不禁驚訝地交換了一個眼神。看三人那副熟稔友好的模樣，完全不見君臣之間應有的鴻溝。

在宴會上，路卡與阿爾文對沈夜的處處維護，已讓鮑伯與查理士看出他們對少年的另眼相看。但想不到這三人之間的感情，竟是到了能毫無顧忌地打鬧的地步。

雖然鮑伯兩人仍對這名過於年輕的賢者持懷疑的態度，但衝著對方是皇帝眼前的大紅人，兩人便很識趣地沒展露出心裡的輕蔑。

當路卡把視線從沈夜身上轉到鮑伯二人時，那雙美麗的湖水綠眸頓時沒了先前的親暱笑意，變成了禮貌與疏離：「很抱歉打擾兩位享受舞會的愉快時光，請你們前來，是有重要的事情要商議。」

聽到皇帝陛下的話，兩人無論心裡是怎麼想，臉上都表現出自己一點都不介意的表情。

人家皇帝這番只是客氣話，要是他們真應了對方的道歉，那也太不懂事了！

待兩人都坐下後，阿爾文鼓勵地拍了拍沈夜：「這兩位剛剛在舞會上已對你介紹過，鍊金術大師鮑伯與農務官查理士。小夜，要實行你的計畫，必須要有這兩位的協助。」

剛才在宴會上認識的人可多了，沈夜之所以對兩人有印象，還是歸功於他們很好辨認的外貌。查理士是個又黑又壯的中年人，這種外表在一眾貴族中非常顯眼。而鮑伯則是個又白又胖的老人，無論髮型、戴著的眼鏡，還是鬍鬚，都讓沈夜有種看見肯德基爺爺的感覺。

看到這兩位大臣，少年頓時雙目一亮。要搭建溫室棚，這兩人的幫助不可或缺，於是沈夜迫不及待地告訴對方自己對溫室的構思。

沈夜剛剛才說了一大堆溫室棚的構想，以及瑣碎的相關事宜。現在再說一次，變得更加條理分明，很快便把溫室種植的概念，完整地向鮑伯與查理士解釋了一遍。

聽過沈夜的構思後，鮑伯與查理士都被少年的奇思妙想驚呆了，看向對方的眼神，簡直就像看著一座黃燦燦的金山！

不！說是金山實在太失禮了！這位少年的構思要是能順利實施，可不單單只是增加國家收益那麼簡單，而是從根本提升了帝國的實力！

而且經過鮑伯與查理士他們多年的經驗推敲評估後，沈夜溫室種植的想法，有很大的機會能夠成功。畢竟溫室種植最困難的就是發想，至於其架構與種植方法，沈夜已經說了個大概，接下來只剩尋找合適的覆蓋材料與試驗種植。

光憑這個功績，便已足夠讓沈夜在帝國瞬間站穩陣腳、揚名立萬了！

而且他們有幸參與這次計畫，事成以後，少不了他們一份功勞！

想到這裡，鮑伯與查理士覺得他們簡直是被天上掉下來的餡餅砸中了。心裡更慶幸著，還好當初他們選擇的專業對研究溫室種植有所幫助，不然這種好事可輪不到他們頭上。

頓時，鮑伯與查理士兩人臉上露出說有多燦爛便有多燦爛的笑容，都快要開出朵花來了。他們拍胸口保證，一定認真完成任務的那股熱情，讓本來還擔心對方不重視、最終敷衍了事的沈夜嚇了一跳，被兩名大臣炙熱的目光注視得渾身不自在。

相較於少年的訝異，路卡與阿爾文卻早已猜到鮑伯兩人會有這種反應。路卡說道：「既然如此，我們先在城堡規劃出一片空地進行試驗。小夜，明天我會派人手給你，你先指導他們築起溫室棚的架子。鮑伯，你負責研發能夠作為覆蓋物的材料。查理士，你負責選購合適的種子，並領導往後的種植。」

聽到路卡分配的任務，三人連忙頷首應允，臉上皆露出躍躍欲試的興奮神情。

Chapter 4 賢者，工作中

當晚回房後，沈夜便從空間戒指裡取出溫室種植的相關資料，除了把它融會貫通外，還畫了下一些簡單的架構。

從空間戒指中取出資料時，沈夜也一併取出存放在裡面的手機。現在唯一與他一起從地球來的，就只剩這支已耗盡電量的手機了。

沈夜甩了甩頭，試圖甩走心中生起的離愁別緒。對於選擇這個世界一事，他並不後悔。有家人在的地方才稱得上是「家」，而他早已把阿爾文與路卡視爲家人了。這兩個孩子是他的責任，雖然當初沒料到再次回來後，他們已變得稱不上是「孩子」了……

除了溫室的資料外，沈夜也重看了一遍先前抄下關於種植的所有資料。當他看到某份資料時，頓時雙目一亮。

這麼簡單的事，他之前怎麼會沒有注意到呢？

第二天一早，當沈夜起床梳洗時，便見賽婭笑盈盈地取代了原本侍女的位置。對於這個女孩的死心眼，沈夜已經無言了。既然連她的老師都覺得沒問題，他還糾結什麼呢？

何況賽婭是他在這個世界中少數熟悉，且又值得信任的人，對於誤入失落神殿、與眾人有著十五年差距的沈夜來說，女孩的陪伴令他倍感安心。

匆匆吃過早飯，沈夜便迫不及待地帶著賽婭來到路卡撥給他們用來試驗的空地。鮑伯與查理士已早早在那裡等候，沈夜獻寶似地取出一張昨晚熬夜所畫的溫室棚架構，頓時令兩位大臣驚喜不已。

鮑伯看著沈夜圖紙上註明的要求，對要研發來取代塑膠的物質已有所想法，連忙拿記憶水晶記錄下設計圖後，便興沖沖地回到實驗室進行研究。

只經過一晚，沈夜被冊封為賢者一事已眾所皆知。對於這位年輕得不像話的賢者大人，並沒有多少人看好，大多都認為他是抱著路卡這條金大腿才得以上位。

因此每提及沈夜時，眾人都是一臉的嘲諷，甚至私底下還有不少冷言冷語。

對於事情的發展，鮑伯與查理士並不覺得意外。如果他們昨天沒有見識到沈夜的奇思妙想，只怕也會以為對方只是個無能的少年。但現在他們卻完全不這麼想。

尤其在看到沈夜所畫的溫室棚架構圖，以及少年眼下因熬夜而顯現的青黑時，他們便認可了眼前的少年賢者。

無論能力或爲帝國服務的熱忱，沈夜一樣不缺，那些人憑什麼看不起他？

面對眾人一臉冷嘲熱諷的嘴臉，鮑伯與查理士卻沒有站出來爲沈夜說話。不是不願，而是不需要。只要溫室計畫成功，到時候誰敢看輕沈夜？此時說得愈開心，到時臉就被打得越響。

還有什麼會比用事實來說話、把那些出言嘲諷的人啪啪啪打臉來得更爽？鮑伯與查理士已經迫不及待想看看，到時那些人的臉會有多腫了！

下人忙著依照沈夜提供的設計圖建起溫室棚的棚架時，查理士也沒有閒著，他細心挑選了一批種子，準備用於溫室棚的試驗。這些種子全都是易於種植、卻不耐寒的品種。查理士選好要種植的植物品種後，從每種植物的種子裡，挑選出數十顆品質優良的範本當作試驗之用。

當查理士帶著種子興沖沖地到試驗地找沈夜時，原本什麼都沒有的土地上已築起了一個圓拱形棚架，就等鮑伯研究出合適的覆蓋物，一個簡單的溫室棚便完成。

看見少年親力親爲地在旁監督的模樣，查理士感受到對方眞心實意想做好事情的心，不禁對他肅然起敬。

沈夜看到對方這麼快便把種子帶來也很意外，看這效率，還有略顯憔悴的模樣……這個人該不會一整夜都在想著該選什麼種子吧？

當查理士把這些種子的品種，以及挑選的原因告訴沈夜時，他頓覺眼界大開。心想對方不愧是農務部主管，對農作物的了解非常透徹，和他這種從網路中吸取知識、樣樣懂卻樣樣不精的人不同，查理士是對一個領域費心研究過的，不愧是農業界的權威。

感受到彼此對這份工作的熱忱，兩人間的距離迅速拉近許多，在討論溫室種植的事宜時，更生出惺惺相惜之感。查理士身為農務官，對於怎樣開墾土地和耕作有著獨特的心得；而沈夜則對溫室種植比較了解，畢竟這種耕種方式在地球已是被實行了很多年、非常成熟的農業技術。

言談之間，沈夜也向查理士詢問昨晚自己靈光一閃的想法。

「植物的塊莖？你是指埋在泥土下面的部分嗎？那麼髒的部分……眞的可以吃嗎？」聽到沈夜的話，查理士露出訝異的神情。

沈夜聞言，雙目一亮。果然這裡的人還未發現很多植物的塊莖、塊根等部位可以作爲主食，難怪他們吃肉、吃麵包，就是不見馬鈴薯、地瓜、蘿蔔等食物。

沈夜搖首道：「不只是調味料，據我所知，有些植物的塊莖可以當作主食食用。例如馬鈴薯，這種作物食後有很強的飽腹感，也能提供人體大量熱能，而且種植容易，對土壤的適應性很強，還能耐寒。如果能找到馬鈴薯並大量種植，效果絕對不比溫室種植遜色。」

查理士被沈夜描述的植物驚呆了，原來在泥土之下，還藏有如此瑰寶嗎？

「賢者大人，馬鈴薯到底長什麼模樣？我現在立即派人去尋找！」

面對查理士崇拜的眼神，沈夜有點不好意思地摸了摸鼻子：「呃……我不太清楚馬鈴薯的枝葉長得什麼模樣，但看到本體的話能夠馬上認出來。你們盡量找出一些擁有塊莖或塊根等部位的植物，都拿給我看看吧！」

這可怪不得沈夜，畢竟他記憶中的馬鈴薯一直是棕色、圓鼓鼓的模樣，誰知道它完整的狀態是什麼啊!?

雖然這會導致查理士的工作量大增，不過沈夜很期待到時搜集回來的各種植物。除了馬鈴薯，薑、芋、藕等植物也是好東西呀！

溫室棚建成後，便是開墾土地了。這種粗活當然不用沈夜動手，因此這段時間他都在旁監督，偶爾幫忙檢驗查理士帶來的植物。雖然還未看到最想要的馬鈴薯，但仍發現不少有用的植物。

現在查理士簡直把沈夜視爲偶像般崇拜。

看我們的賢者大人知識多淵博？相較賢者大人知曉的可食用植物，自己這個農務官顯得太不稱職了！

受到這件事情的刺激，查理士開啓了「神農嚐百草」模式，對每種未知植物進行試食。在消耗大量解毒藥劑之後，竟然讓他發現好幾種連沈夜都不認識的可食用植物。

查理士甚至找到了紅薯，沈夜還珍貴地拿著紅薯逕自傻樂了好一會兒。紅薯可是好東西啊！它與馬鈴薯一樣可以作爲主食；另外，紅薯的葉子可以吃，沈夜記得味道還挺不錯的。

而埋首研究的鮑伯也沒有令沈夜失望。這位鍊金術士只花了短短數天，便利用一種低階魔獸的血液混合藥草，提煉出可以代替透明塑膠的物質。這種物質不僅透明度高，而且防風防水，還能依魔獸血液的分量而調整軟硬度！

當看起來已有數天沒洗澡的鮑伯，頂著一頭亂糟糟的頭髮，拿著他的實驗成果興沖沖地衝向沈夜獻寶時，少年幾乎認不出眼前這個活像流浪漢的老人。

就連那標誌性的大肚腩都幾乎消失不見了！

沈夜看著鮑伯眼下的青黑和憔悴的神色，鄭重接過對方遞上的成品。即便是爲了不白白浪費同伴的努力，他也要讓這次的試驗成功！

當鮑伯用這種被沈夜取名爲「塑膠」的新物質，製造出大型膠膜，並覆蓋在棚架上後，沈夜感動地看著眼前充滿熟悉感的設施，心想這溫室終於有在地球上看到的樣子了！

泥土早已被翻鬆至適合種植的狀態，看著顆顆飽滿、有光澤的種子被種下，眾人在緊張與期盼的同時，也有著滿心的自豪。這是他們合力建造的成果，現在只待種子生根發芽，摘取成功的果實了！

路卡顯然非常重視這次的試驗，除了在溫室棚完成後親自前來視察，還派出連同賽婭在內的十名宮廷魔法師，輪流用魔法製造出冬季的寒冷，以求試驗出最真實的效果。

雖然種子種入泥土後，便沒有沈夜與鮑伯什麼事了，可是兩人每早總會不約而同地來到溫室棚內，即使幫不上忙，在旁看看也好。

現在最忙碌的人，便數農務官查理士了。他不僅忙著搜羅各種新的可食用植物，還要每天抽出時間觀察溫室中植物的狀態。

皇天不負苦心人，好消息一個接一個。溫室種植試驗第三天，溫室棚的泥土裡冒出十多株綠油油幼苗的同時，查理士也找到了沈夜心心念念的馬鈴薯！

收到消息的沈夜完全顧不上禮儀，興沖沖地跑至溫室棚。人才剛走進去，便被迎面而來的鮑伯抱個正著：「我們成功了！賢者大人，我們成功了！」

被鮑伯抱著又叫又跳，沈夜看向一旁的查理士，只見黑壯的中年男子一臉欣喜地向他咧嘴傻笑，然而也不知是否太高興了，一時間只顧著笑，說不出話來，在沈夜看過去時邊笑邊點頭示意。

沈夜見狀，雖然不確定查理士找到的是否爲馬鈴薯，但溫室棚的試驗顯然是成功了！少年立即露出燦爛的笑容，加入了只顧著傻笑的行列中。

當鮑伯抱完沈夜，再次毫無形象地尖叫撲向另一人時，沈夜才總算看到泥土中冒出的小小幼苗。這些幼苗還很嬌小，透著嫩綠色的健康色澤，看起來非常討喜。

同時，一堆沈夜熟悉的馬鈴薯，正堆放在溫室棚角落。

沈夜看到查理士找到的確實是馬鈴薯，頓時欣喜若狂，拍著農務官的肩膀，喜孜孜地道：「今晚我們就吃馬鈴薯當晚餐！」

雖然查理士完全不覺得這些從泥土中挖出來的東西能好吃到哪裡去，但現在他與鮑伯已對沈夜非常信服，心想既然賢者大人如此看重這種奇怪的植物，那必定有其珍貴之處。

此時收到消息的路卡也趕來了，尾隨其後的，還有一眾大臣。

由於溫室棚還在試驗階段，先前沈夜等人並未大肆宣揚此事。這些大臣雖然有收到一些內幕消息，但一來不清楚內情，二來也不認爲在冬季種植這種異想天開的計畫能夠成功。結果當參與試驗的魔法師興高采烈地跑來報告時，正與路卡商議事情的他們全都感到十分震驚。

一眾大臣頓時顧不得正在商談的事情，厚著臉皮尾隨路卡而來，想看看賢者大人的偉大發明。

原本這些大臣還對溫室棚的眞確性存疑，然而，當他們看到圍繞在溫室四周的冰雪，以及感受到寒冷的溫度後，對於試驗的成果便已信服了幾分。

想不到皇帝陛下竟大手筆地讓魔法師模擬出冬天的氣候，以他對溫室棚的重視程度，沈夜的實驗結果即使多灌了點水，也絕對差不到哪裡去。

接著，當他們看到那些破土而出的小小幼芽時，所有人的情緒更是沸騰！

創世神在上！這個不知道用什麼材料建成的大型帳篷，竟然眞能在寒冷天氣下種出農作物！這究竟是怎樣的奇蹟!?

大臣們讚歎的同時，也不禁向鮑伯與查理士投以羨慕的眼神。

溫室種植這個想法是賢者大人的構思，原本沒有鮑伯與查理士什麼事，只是兩人的專業剛好能幫上忙，結果就讓他們在這個巨大政績上分了杯羹。

想到這裡，這些大臣不禁惋惜，爲什麼當年他們學的不是鍊金術或農業呢？

感受到同僚們充滿羨慕的火辣眼神，鮑伯與查理士一臉志得意滿地嘿嘿直笑。心想：誰教你們看不起賢者大人？人家雖然年紀輕輕，但可厲害了！

看看我們這些跟著賢者大人的，不到一個月就做出卓越的成績！當初聽到我們被賢者大人召用時，你們還幸災樂禍地說我們被一個毛未長齊的小孩耍著玩呢！現在被打臉了吧？

現在已是沈夜忠實支持者的鮑伯與查理士，卻忘記最初被召用時，他們也是抱著不情不願的懷疑態度……

一眾大臣被鮑伯與查理士得意忘形的眼神氣得牙癢癢，把炙熱的視線投至沈夜身上。溫室棚的成功，沒有人再小看這名年紀輕輕的賢者了，誰知道少年的腦子裡還藏著什麼點子呢？這次鮑伯與查理士幸運被選上，說不定下次就輪到他們了！

懷著「跟著賢者大人有肉吃」的想法，沈夜在一眾大臣眼裡立刻變得人見人愛。結果少年還來不及與路卡說上兩句，便被大臣們包圍住，眾多讚美與驚歎的言語直把他捧上了天。

最後還是路卡出手，把不知所措的沈夜從大臣的包圍中拯救出來。

見皇帝陛下與賢者大人談著溫室棚的正事，這些大臣只得安靜下來，並在心裡想著該如何與少年打好關係。

既然種子能在寒冬裡順利發芽，其實就已代表著溫室棚試驗的成功。不過沈夜並沒有急功近利，他建議路卡再等一段時間，試驗一下其他品種種子的發芽率，以及幼苗的生長狀況。有了萬全的準備，再公開溫室棚的種植方法，到時還可以一併教育農民應該種植的農作物品種與注意事項。

雖然與沈夜相熟的人顧慮他的心情沒有透露，但少年的感覺很敏銳，察覺到別人表面上對他這個賢者客客氣氣，但其實心裡很看不起他。雖然礙於沈夜的身分，沒有人敢表達，但少年豈會感覺不到別人目光中所帶的輕蔑呢？

現在實驗有了成果，沈夜終於能夠揚眉吐氣。路卡本來還擔憂少年年少氣盛，會因此得意忘形，想不到對方在爲試驗成功而欣喜的同時，卻也能守住本心，甚至還在眾人想急著向世人公布成果時，提出這樣的建議。

不只路卡他們，就連一眾與沈夜不相熟的大臣，在看向沈夜時也不禁帶上敬佩之心。這並不僅因爲沈夜的睿智，還有這個少年對工作的熱誠與嚴謹的態度！

這種優越的品德，完全符合賢者應有的德行。

不過他們把沈夜想得太偉大了，少年之所以在獲得成果時如此冷靜，主要是因爲他雖有了賢者的職銜，但身爲經常宅在家裡寫文章的作家，他根本沒有一點當官的自覺，更不像大臣們那樣汲汲營營於政績。因此，相較於其他參與此次試驗的人員，居首功的沈夜反而對結果最爲淡然。

試驗成功，沈夜當然也很開心，卻沒有其他的複雜心思。結果看在他人眼中，視名利如糞土的高潔形象，便在沈夜自己無意識的狀況下，被這些大臣腦補成形。

沈夜並不曉得自己在這些人心中已成爲品德高尚的有賢之士，因爲心裡高興，還多說了些對溫室種植的意見：「待溫室種植有了成效，如果農產品收成充足，人們還能種植一些美味、單價較高的水果來改善生活；又或者種植在溫暖地區才能生長的草藥，也是一條不錯的財路。」

聽到少年的話，一眾大臣不禁雙目一亮，只覺眼前已看到一條金燦燦的道路。

這些貴族的家裡並不缺糧，但的確可以如沈夜所說，種植一些價格高昂的水果或藥材！

一開始大家都想著利用溫室來種糧食，現在他們這些第一批嘗試的人，可以預想到這年冬天能獲得的龐大利益。

他們至少有好幾年能大賺特賺一番，直至愈來愈多人發現並仿傚這個方法後，這些利潤才會開始下降。

沈夜這是在送給他們一條財路啊！

想到這裡，這些大臣看著沈夜的目光益發友善起來。

沈夜這番話是故意說的。他現在吃住都在城堡裡，經濟上並不困頓。錢對少年來說，夠用就可以，想買什麼都可以向總管萊夫特要，何況他也沒有做生意賺錢的打算。與其用這些方法斂財，倒不如說出來，賣這些大臣一個人情。

當然，身爲能夠在城堡出入的大臣，地位絕對不低，自然不差這些錢。但錢誰會嫌多？何況沈夜這麼做也是向他們釋出善意，面對少年的知情識趣，這些大臣們也就承了他的情。

Chapter 5
府邸

一個月後，溫室種植的方法從城堡宣揚開來，國家鼓勵農民在農閒時，嘗試這種耕作新方法。

聽到竟然可以在冬季種植作物，整個帝國的人民都震驚了。這原本是眾人想都不敢想的事，想不到現在卻能成眞，而且想出這個方法的，還是那位年輕得過分的賢者大人！

這使那些一直認爲少年只是走了狗屎運，才能獲得這位子的人跌破眼鏡，也讓那些嘲諷沈夜庸碌無能的人閉上了嘴巴。賢者大人一聲不響就啪啪啪地打了他們的臉，先前他們說的話有多難聽，現在便覺得臉有多痛。

隨同溫室種植方法一起推出的，還有一些新發現的作物品種。其中官方推薦、名爲馬鈴薯與紅薯的植物，國家甚至以免稅的方式鼓勵人民種植。

一些吃過馬鈴薯與紅薯的人，皆驚訝於其產生的飽足感。人們已能預測在不久的將來，這兩種植物將會成爲艾爾頓帝國的主要糧食之一。

在國家大力推廣下，很多地方已搭建好溫室棚，並開始播種。而那些新發現的可食用植物，也逐漸被人們接受；同時賢者大人的賢名，也隨之廣爲流傳。

這段時間大出鋒頭的沈夜，被那些找上門的貴族吵得不堪其擾。雖然出於貴族的矜持，那些人並沒有做出太過明顯的舉動，只是與沈夜「偶遇」的機率有點高，而且遇上了便很熱情地抓著他不放，硬是聊些有的沒的，只爲了能在少年面前留下印象。

然而正所謂伸手不打笑臉人，對方熱情地靠過來聊天，基於禮貌，沈夜也只得耐著性子應付他們。

就像今天，沈夜一個早上便碰上了五次「偶遇」，賽婭看著少年與那個肚滿腸肥的貴族虛與委蛇，實在心疼不已。她的少爺應該活得悠閒自在，而不是像現在這樣，無奈地去應付不想面對的人。少爺那顆聰明頭腦應是爲了人民謀求福利，不該花精神應付這些虛僞的貴族。

賽婭看著沈夜這幾天被貴族騷擾得不勝其煩的模樣，即使對方沒說什麼，也替他感到委屈。終於在那位貴族離開後，她忍不住詢問沈夜：「少爺，前幾天聽說您的府邸已經完工了，既然溫室的事已經告一段落，不如趁著空閒，到府邸看看裝修的部分是否須要更改，又或者想要添置一些家具？」

沈夜聞言，一臉訝異地反問：「我的府邸？」

賽婭頷首道：「是的，您既然貴爲我國的賢者大人，又怎會沒有自己的府邸呢？陛下早已在皇城內找了一處合適的地方，爲少爺您建造能符合您身分的宏偉府邸。」

沈夜立即雙目一亮，身爲在寸土寸金的大城市成長、土生土長的香港人，他深知置產的艱難。想不到才到異世界不久，便能在這裡添置屬於自己的物業，想想還有點小激動呢！

「這麼重要的事，路卡他們竟然不告訴我！難道是想給我一個驚喜嗎？」沈夜聽到這個消息後頓時喜上眉梢。最近他快被一連串的「偶遇」弄得神經衰弱，要是能搬出城堡，那些貴族應該不至於再上門騷擾了吧？

所謂的「貴族」，並不只代表個人，還揹負著家族名聲。要是傳出他們向賢者獻媚的消息，那他們的家族也會讓人看不起，因此那些人都趁著前來城堡向皇帝陛下報告工作時，順道與沈夜來場「偶遇」。

如果沈夜搬離城堡，這些人便沒有藉口賴著他了。畢竟他們總不能頻頻在賢者大人的家門前遊蕩吧？

何況少年這段時間一直借住在城堡裡，雖然沒有什麼不方便之處，但總有種寄人籬下的感覺，早就想搬出去自立門戶了。

之前沒有提出來，是因爲那時他的存在備受非議，不想再多生事端，爲路卡帶來任何麻煩。可是現在沈夜已經證明了自己的實力，也做出了符合賢者身分的貢獻；況且，在他不知情的狀況下，連他的賢者府邸都已經建好，自己還有什麼理由不搬出去呢？

城堡住得再舒服，也不是屬於自己的地方啊！

見沈夜迫不及待要去找路卡，賽婭張了張口，最終沒把想說的話說出口。

其實路卡並不是想要給他一個驚喜，才故意隱瞞不說，而是因爲皇帝陛下根本從沒打算讓沈夜住在城堡外，所以才沒告訴他這件事。

雖然賽婭知道路卡是因爲看重沈夜，才想讓他住在城堡裡，住在一個離自己最近、國內最尊榮的地方。然而賽婭認爲，這麼做會給人一種少年是皇帝從屬、離不開庇護的感覺。長遠來說，對沈夜並非是件好事。

也是時候，該讓皇帝陛下明白這點了……

路卡與阿爾文可以是沈夜背後的強大支柱，卻不應過度將少年保護在身後，讓他失去獨當一面的機會。

□

「小夜，怎麼了？這麼高興的樣子？」正有事找路卡商議的阿爾文，在走廊碰上了喜形於色的沈夜。

此時知道自己成爲「業主」的沈夜，立即喜孜孜地向阿爾文分享自己的喜悅：「剛剛聽賽婭說我的府邸已經完成，正要向路卡詢問細節呢！阿爾文，你應該也知道這件事吧？竟然與路卡一起瞞著我，眞是太不夠朋友了！」

聽到沈夜的話，阿爾文這才想起有這麼一回事：「我們沒有特意瞞著你啊，只是沒有想到。反正那棟府邸只是做做樣子，你又不會搬進去，所以才沒有想到要告訴你。」

沈夜聞言愣了愣，臉上的燦爛笑容立刻減弱了半分，露出疑惑神情：「欸？爲什麼？我總不能在城堡裡長住吧？」

這回阿爾文也察覺到他們與沈夜的想法似乎有了分歧，沉默半晌，說道：「既然你也來找路卡，那麼這件事我們到路卡那裡再說吧！」

沈夜點點頭，只是先前愉悅的神情褪去許多。聽阿爾文話裡的意思，他與路卡似乎都不贊成自己搬出去住。可是先前沒地方住就算了，現在明明有了府邸卻不走，賴在城堡裡算什麼呢？

路卡一向心細而敏感，沈夜他們才剛出現，便察覺到兩人的神情有些異常，心裡閃過數個猜想，臉上卻未顯現任何情緒。他放下手上的文件，笑道：「皇兄、小夜，怎麼一起過來了？」

「與阿爾文正好碰上，就一起過來了。」用一句話解釋完後，沈夜迫不及待地詢問：「路卡，聽說我有一座屬於自己的府邸？而且那棟府邸已經落成了？」

路卡不動聲色地與阿爾文交換了一個眼神，接著微笑頷首道：「對啊！畢竟你已貴爲我國賢者，又怎能沒有自己的府邸呢？」

見路卡落落大方地承認，沈夜鬆了口氣，剛剛還以爲他們不希望自己搬離城堡呢，現在看對方回答得那麼乾脆，心想也許是自己誤會了：「既然如此，你們怎麼不告訴我？」

「這不是想給你一個驚喜嗎？想不到卻被你提早知道了。」路卡看了賽婭一眼，笑道：「是賽婭告訴你的吧？」

路卡的話消除了沈夜最後一絲疑慮。少年聳聳肩，道：「你們也別怪賽婭了，還不是因爲那些大臣們太熱情嗎？老是在城堡與我『偶遇』，哪有這麼湊巧？賽婭看我被他們煩得怕了，才告訴我府邸的事。」

路卡笑著搖了搖頭，取出一份文件遞給沈夜：「既然你過來問了，那我順道給你這個吧。那裡隨時可以入住，管理人員我也已經安排好了。」

少年接過遞來的文件一看，嚇了一跳。原來路卡給他的竟然不只是一座府邸，還附帶一大片土地！

路卡道：「分配給你的領地由皇兄親自挑選，鄰近皇城，而且環境優美，土地非常肥沃。」

想不到自己不僅有了房子，甚至還成了地主。少年迅速拋開先前產生的些微疑慮，眉開眼笑地向阿爾文道謝：「你有心了。」

阿爾文笑著拍了拍沈夜的肩膀：「既然是給你的，要嘛不給，要嘛就給最好的。以我們的關係，哪還須說『謝』字？」

聽到「兒子」這麼貼心，沈夜不禁回以一個大大的笑臉。真不枉他那麼疼這兩個熊孩子，果然這是所謂的養兒防老嗎？

咳咳！雖然他現在一點都不老啦！甚至比自家兒子還年輕……

「小夜，你要到府邸去看看嗎？」見沈夜盯著地契的雙目都要放光了，路卡很識趣地提議。

「嗯！」沈夜立即興奮地點了點頭。

此時賽婭笑道：「少爺，我知道地點，請讓我帶路。」

看著沈夜與賽婭雙雙離去，直至兩人走遠了，阿爾文臉上爽朗的笑容黯淡下來，神色籠上陰霾。

路卡見狀嘆了口氣：「皇兄，我就說小夜不會想長住在城堡裡的。」

阿爾文蹙起眉頭：「我們現在已經不用再像以前那樣小心翼翼了，傑瑞米已被驅逐，帝國都是我們說了算。我們已有足夠能力去保護他、給他最好的生活；當年他願意毫無保留地對我們好，我們自然也把他放在心上。何況小夜就是我們的家人，一家人哪有不住在一起的？」

路卡聞言，苦惱地揉了揉太陽穴。阿爾文的出發點是好，可手法卻過於霸道。雖然現在這位年輕親王總是一副爽朗好青年的模樣，但路卡清楚知道這些都是他的僞裝。阿爾文可不是個好脾氣的人，尤其被沈夜當年的失蹤嚇到，現在恨不得把人放在眼皮子下，緊緊盯著。

十五年的尋找，讓他對少年有著無法言喻的執著。

可是這種完全沒有詢問當事人意願，便爲對方做出決定的作法，要是處理得不好，說不定會讓好事變成了壞事，讓沈夜反感也說不定。

「也許我們認爲的好，有時卻成了他的負擔呢？皇兄，就讓小夜自己選擇將來的路吧。他還年輕，自然有著少年應有的朝氣與衝勁；他想要建功立業，那我們便爲他掃除障礙，使他前進的道路變得通直就好。你也說過小夜是我們的家人，既然是家人……那無論他走得多遠，都不會改變我們之間的關係。」

路卡知道，能被阿爾文放進心裡的人很少，能讓他全心全意信任的人更是幾乎沒有。因此他才想要把沈夜留在身邊，就像把珍寶放在隨時搆得著的地方，這樣才能安心。

而路卡自己又何嘗不是呢？不然當時阿爾文提出不用告知沈夜府邸的事時，他也不會這麼爽快地應允下來。

沒辦法，他們就是護短，特別是面對自己重要的人，一心就想要將對方收到自己羽翼下好好保護。

聽到路卡的話，阿爾文有點不服氣。他覺得自己做的是對少年最好的安排，不過他的性格雖然有點固執，卻並非不講理。既然沈夜明確表現出意見，阿爾文也不會無視。

路卡見阿爾文一臉不情不願的表情，心裡暗笑。以現在皇兄在帝國內的身分，還真的很久沒見到他這副鬱悶的樣子了。

察覺到路卡帶笑的視線，阿爾文危險地瞇起雙目，表情活脫脫像在質問：你在看我笑話？

路卡心虛地假咳了聲，立即轉移話題：「想不到賽婭會告訴小夜這件事，殺我們一個措手不及呢！」

阿爾文卻沒有因此遷怒賽婭，反而很欣賞她對沈夜的用心：「有她留在小夜身邊，我也能夠稍微安心了。不過賽婭終究還年輕，也許她將來成就不凡，但現在仍只是個稍具實力的魔法師，還稱不上高手。要是小夜搬離城堡，單憑賽婭一人還不足以保護他的安全。」

路卡從桌面取出一份文件，遞給阿爾文，並在對方疑惑目光中露出了玩味的笑容，道：「這是伊凡申請調任的文件。」

「那小子！」阿爾文有些生氣地挑了挑眉。伊凡雖不像其他部下那樣效忠於阿爾文、願意爲其賣命，但名義上仍是他的部下。現在申請調任，他這個直屬上司竟然不是第一個知道的人！

「等等！你說他申請調任？調去哪？」阿爾文一臉好奇地接過文件。伊凡那個冷冰冰的傢伙那麼難相處，除了他這個上司能夠容忍他，只怕沒有其他人可以忍受如此有個性的下屬了吧？

何況伊凡主動要求調職，本身就已是件很不可思議的事。阿爾文還眞想知道能讓對方主動想要追隨的人，到底是何方神聖。

路卡看到兄長忿忿不平的複雜神情，很不厚道地輕笑道：「他想調派去當小夜的貼身侍衛。」

「欸？他們感情什麼時候變得那麼好了？」阿爾文愣了愣，垂首看向手中的文件，看見上面果然有著沈夜的名字。

雖然與沈夜重遇後，伊凡便對少年的態度與眾不同，多了一份對待別人時所沒有的體貼與耐心。但阿爾文認爲這只是因爲沈夜曾有恩於伊凡，所以他才待少年特別。

可是，如果眞是因爲沈夜對伊凡有救命之恩，但伊凡也救過沈夜的性命，這份恩情應該已算還清了吧？這個表面冷漠又高傲不已的人，眞的會因爲報恩，而對沈夜宣誓效忠嗎？

很快，阿爾文便有了猜測：「他是爲了賽婭吧？自己妹妹留在沈夜身邊當侍女，因此便想跟著過去？哼！眞是想得美。我可不會讓他如願。」

阿爾文很清楚對伊凡來說，賽婭是他最重要、且唯一重視的人。如果伊凡是爲了自家妹妹而申請成爲沈夜的護衛，那一切便說得通了。

既然伊凡並不是眞心效忠沈夜，甚至對賽婭的重視更甚於沈夜，萬一將來發生什麼事，伊凡很可能不會優先考慮少年的安危。

阿爾文並不希望在沈夜的身邊，有著這種不確定因素。

「我倒是覺得可以一試，將伊凡安排在小夜身邊。」聽到阿爾文的話，路卡卻有著不同看法：「伊凡這個人太冷漠、也太高傲，就連我們兩人都無法讓他臣服。可是一旦他打從心底認同，卻是個比任何人都令人放心、忠心無比的部下。雖然這次的調任申請也許是爲了賽婭，但我覺得伊凡對小夜的態度終究與對別人不同。我不知道當年他們兩人一起經歷過什麼，可是如果小夜沒有入得他的眼，即使有賽婭這層關係，他也不會主動要求成爲小夜的部下。」

阿爾文雖然對伊凡這個不聽話的部下有著種種不喜，但不得不承認路卡的話十分有道理。

只是，沈夜眞的能馴服這匹狐獨的野狼嗎？

想到少年與傳說中無法被馴服的獅鷲相處時的那股親熱勁，阿爾文忽然很期待知道事情的發展了：「既然如此，就批准伊凡的調職申請吧！」

□

此時，沈夜在賽婭的帶領下，首次踏上自己的封地。

阿爾文親自爲沈夜挑選的領地自然無可挑剔，雖然範圍不算很大，卻是個風光如畫的地方。光是被劃分在皇城旁，便已是天大的恩賜了，這可是只有皇室成員才享受得到的待遇。

除了府邸外，沈夜的封地還有整整一座富裕小鎮！

府邸裡的下人顯然早已收到消息，當沈夜的馬車出現時，他們已站在大門前等候多時。

沈夜抬頭看著眼前華美大器的建築物，一時間難以適應這棟充滿典雅貴族風情的建築，是屬於他名下的資產。

在大門等候著的下人之中，站在最中間的一名青年，在沈夜步出馬車時率先上前，優雅地行了一禮：「主人日安，我是陛下派來管理這棟府邸的管家路易士。」

隨即男子便向沈夜介紹了一些職位較重要的僕役，並引領少年進入這座新落成的府邸。

沈夜暗暗打量這位在前面領路的管家。路易士是位優雅的青年，給人的感覺十分像城堡總管萊夫特。沈夜卻不知道，路易士實際上正是萊夫特的兒子，同時也將是城堡下一任總管，爲了讓路易士前來爲沈夜服務，阿爾文可費了不少唇舌。

沈夜打量著路易士的同時，路易士也同時暗自打量著這位親王殿下十分重視的少年。現在賢者大人鋒頭正盛，路易士自然聽過對方的事蹟。本以爲年紀輕輕，便做出足以流芳百世功績的，應該是個充滿傲氣的天才少年，然而看到本尊時，路易士才發現對方與自己想像的形象有很大不同。

少年的眼神清澈，並沒有貴族的高傲與心計；一身溫和無害的氣息讓人很想親近，總是笑盈盈的，讓人輕易便對他產生好感。沈夜看著下人們的眼神很平和，而且他們行禮時，少年甚至還會頷首回應，這番舉動讓不少下人露出受寵若驚的神情。

看到沈夜的動作，路易士眼神閃了閃。如果這些行爲並不是少年故意爲之，那這名新主人還眞是位有趣又特別的人。

進入府邸後，沈夜立即被室內華美的裝潢吸引了注意力。

這個世界都是用純天然的材料進行裝潢，工程結束後並不會像在地球那樣，充斥著難聞的化學氣味；因爲有著魔法，建築物的宏偉程度更是一點都不遜於地球上的建築。

雖然在興建這座府邸時，路卡他們並沒有預期沈夜眞的會搬離城堡，來這裡居住，但這既然是屬於沈夜的府邸，關係著賢者的顏面，對此眾人仍是非常注重。無論是建材用料或格調都是最高規格，除了面積沒有城堡來得大以外，裡面的東西沒有一樣比城堡差。

雖然府邸看起來並非金碧輝煌，可是每樣用料都價値不菲，在在顯示出低調的奢華。可惜沈夜這個主人並不識貨，完全看不出這座府邸的珍貴。

府邸內部裝修均已完工，家具一應俱全，就只欠一名擁有這些物品的主人。

沈夜巡視府邸一圈後，滿意地點了點頭。雖然這裡的裝潢比不上城堡華麗，但卻是個完完全全屬於自己的地方，對少年來說有著特別的意義。沈夜愈看愈覺得這裡順眼，還興致勃勃地順著自己的心意，要求路易士調整了一些地方。

Chapter 6
伊凡效忠

府邸有些地方仍須改動，因此當沈夜開開心心地搬進去時，已是一個星期後的事了。

同行的，除了沈夜的貼身侍女賽婭，還有剛剛成爲他護衛的伊凡。

沈夜毫不意外伊凡的跟隨，畢竟對方早已向他通報過了。何況賽婭以侍女身分跟在他身邊，這個妹控不跟著一起來才奇怪呢！

沈夜把青年調任的原因歸於賽婭身上，並不認爲自己人格魅力有那麼大，虎軀一震，便讓對方俯首稱臣。

除了伊凡，沈夜也擁有路卡分派給他的護衛，而且還是一隊訓練有素的衛兵。然而無論是身爲刺客的伊凡，還是魔法師身分的賽婭，都有著不低的戰鬥力，因此素來注重個人隱私的沈夜，並沒有在府邸裡安排護衛，而是讓他們在府邸外圍戒備待命。

至於沈夜名下的城鎮，由於氣候宜人，而且土地肥沃，因此居民大多是以耕種維生的農戶。身爲溫室種植的創辦人，沈夜自然不落人後，大手一揮便要求自己領地裡的農民要大力響應。

同時少年也沒有閒著，有空便會到領地內視察，看看農民們建造溫室的狀況。偶爾看到出錯的地方還會出面指導，有時甚至親自動手幫忙。結果幾次往來，城鎮居民逐漸熟悉這位新上任的領主，覺得對方親切友善，而且一點架子都沒有。

成年人也許仍有各種顧慮，放不下刻在骨子裡對貴族的敬畏，因此面對沈夜時，雖然比一開始自然許多，但依舊畏畏縮縮的。然而封地裡的孩子，卻很快與沈夜打成一片。

沈夜本就很喜歡小孩子，尤其與這些孩子接觸時，總能讓他回憶起當初和小小的阿爾文及路卡相依爲命時的溫馨，因此對孩子們更是親切。小孩子心思敏銳，他們能感受到誰是眞心對自己好，雖然大人們耳提面命地要求他們要尊敬沈夜、與對方保持距離，然而沈夜每天出門都會帶一些糖果給他們，陪這些孩子玩了好幾天後，輕而易舉地「收買」了一堆小弟。

漸漸地，大人們見賢者大人是眞的和善，也就沒有再反對孩子們與其往來。

沈夜身爲「創世神」，自帶的親切光環可不是蓋的。連不可能被馴服的魔獸都無法討厭他，當他想要討人喜歡時，沒有人能拒絕。

偶爾有居民詢問沈夜一些溫室種植的事時，彼此會聊上幾句。後來開始有人送一些小點心給沈夜，見他頂著烈日來視察，也會送上一些消暑飲料。結果不知不覺中，大人們也與沈夜變得熟稔起來，言談間，更驚覺到賢者大人的博學多聞。

沈夜知道該如何耕作，才能增加農作物的收成；他改良了燻製肉乾的方法，讓肉乾變成不遜於鮮肉的美食，而且可以保存得更久，讓他們更能好好度過寒冬。沈夜甚至還發現一條魔法晶石礦脈，解決了國家魔法晶石不足的問題。

他們卻不知道，那條晶石礦脈並不是沈夜發現的……正確來說，並非憑著他自身實力所發現。因爲小說裡曾提及數年後，瑪雅發現了一條晶石礦脈，並將其獻給當時的皇帝阿爾文，從而獲得他的重視。

當沈夜得知這座成爲自己封地的城鎮，正是小說中那個擁有礦脈的城鎮時，他也很驚訝呢！

原本都忘了這條礦脈的存在……果然連上天都要讓他與瑪雅過不去嗎？拿取爲白蓮瑪雅獲得的成果，實在是太爽了！

何況沈夜又不傻，他記得才剛成爲賢者的隔天，自己的負面消息便傳得街知巷聞，說沒有人故意散播，誰會信呢？

而他來到這裡以後，直接得罪過的人就只有瑪雅。這個女人最看重面子，自己當時差點扒了她的白蓮花皮，露出裡面的食人花模樣，她不記恨才怪呢！始作俑者不是她還會有誰？

既然是敵人，沈夜這事完全幹得心安理得吶！

而這裡居民的生活獲得了那麼多的改善，現在要是問他們，這座城鎮的寶貝是什麼？他們的回答既不是美味食物，也不是優美景色，更不是珍貴礦物，而是他們的賢者大人！

伊凡看著與居民有說有笑的沈夜，眼神不自覺柔和起來。他一直很討厭那些總認爲自己高人一等的貴族，可是如果世上的貴族都像沈夜一樣，那麼「貴族」這個名詞，便能被人眞正發自內心地說出來吧？向貴族行的禮儀，也能發自內心敬意地行使吧？

伊凡認爲，眼前這名少年才是眞正的高貴一族。只有像他這種能讓人民過上更好生活的人，才對得起「貴族」這個稱號，才有資格處於高人一等的地位。

察覺到伊凡的視線，一旁的賽婭展顏一笑，問：「哥哥，你什麼時候向少爺宣誓效忠？」

伊凡沉默半晌，道：「這幾天找個時間吧！」

賽婭聞言，臉上的笑容變得燦爛起來。

這世上有那麼一個人，他也許並不強大，也許沒有偉大的身世，沒有令人驚歎的美貌，但他身上卻有著吸引眾人的閃亮之處。

他可能只是個手無縛雞之力的普通人，但正因爲他沒有保護自己的強大力量，聚集在他身邊的強者不希望他受到傷害，於是心甘情願地歸順於他、保護他。

因爲那個人是如此的尊貴不凡，值得人們向他效忠。

以前只有麻木服從主人命令的伊凡，從來不明白那種打從心底想要效忠一個人的心情。

可是現在，他覺得自己有些懂了。

□

沈夜並沒有太認眞看待伊凡的宣誓效忠，在他心裡，既然現在伊凡跟著他混，那麼門面工夫自然必須要做。畢竟這是一個階級分明的世界，沒看到眾多平民面對貴族時都是跪來跪去的嗎？那麼青年爲了能留在賽婭身邊，當然還是得向他表達一下忠心。

沈夜不認爲光憑發誓，就眞的能獲得一個人的忠誠。如果時刻來臨，無論嘴巴說得多冠冕堂皇，最終還是會背叛。所謂的誓言，根本無法眞正束縛人心。

然而，沈夜這個當事人不懂誓言在這個世界裡代表著什麼，卻不代表別人也不曉得。

雖然這個世界是從沈夜筆下創造出來的，最了解這裡的人理應是沈夜才對。但他終究受著地球的教育成長，有時候知道是一回事，卻無可避免被過去十多年來所受的教育，影響自己對這個世界上各種事情的理解。

在這個世界裡，宣誓忠誠遠比沈夜所想的更加嚴肅、更有約束力。這個世界的人把誓約看得很重，他們一生只會對一個主人宣誓效忠。雖說宣誓的誓詞並無實際約束力，然而若眞有人背叛宣誓對象，無論他是什麼身分、有著怎樣的理由，都不會被世人諒解，亦不會再有人願意與他爲伍，最後淪爲人人喊打的過街老鼠。有些國家甚至還用重刑來懲處那些叛主的人。

在很久以後，沈夜才知道伊凡這次的宣誓代表著什麼，但現在的他對此事渾然不知。

至於伊凡的前任上司阿爾文，在得知此事後驚訝萬分，隨即心情變得很複雜，既爲沈夜高興，又因對方那麼快便認沈夜爲主的舉動感到有些不是滋味。

他很差嗎？他好歹是這個帝國的親王，也自認對伊凡這個ＥＱ爲零的下屬一向很寬容，爲什麼共事了這麼久，對方仍總是對他一副愛理不理的態度？而沈夜才當伊凡上司沒多久，便能成功破冰，讓冷酷得幾乎無情的青年對他心悅誠服!?

阿爾文瞬間陷入自我懷疑中……

至於一開始便說服阿爾文放人的路卡，也對伊凡的選擇感到訝異。雖然當時他贊成伊凡的調任，但實際上對對方是否眞會向沈夜效忠並未抱持多大希望，想不到少年卻爲他們帶來這麼大的驚喜。

伊凡的天賦眾人有目共睹，只是這個人太冷太傲，一直以來都沒出現能夠制伏他的人。雖然因爲賽婭，他們勉強算將伊凡綁在同一條船上，卻遠遠沒有像現在一樣密切。

至於其他人注意的重點卻不在這裡，而是放在賽婭身上。伊凡是哪根蔥他們不清楚，不就是阿爾文手下的一個小侍衛嗎？可是賽婭不同，她自從成爲布倫丹的弟子後，便一直受到貴族們的留意。

賽婭可是傳奇法師布倫丹的唯一弟子啊！

先不說沈夜本身便足以成爲各貴族爭相拉攏的目標，光是憑他與賽婭的關係，只要能拉攏到少年，說不定還可以「買一送一」，與布倫丹扯上關係。

可惜現在沈夜已不住城堡裡，搬去自己的領地居住。在這座城鎮，無論什麼事情都是少年說了算。因此他們只要逼得太過，這位賢者大人不是因生病而閉門不見客，便是遠遊不在家。

結果這些前來拉攏的貴族全都乘興而來、敗興而歸。這個世界不像地球，可不流行三顧茅廬這種事，死纏爛打會讓人看不起。因此這些人被拒絕後，也不好意思再腆著臉湊上去。

於是沈夜搬至府邸後，總算獲得了久違的平靜。還經歷了一輪祝賀新居落成的拜訪潮，收取了大量價值不菲的禮物。

當初看到那些滿滿的賀禮時，沈夜不知道該不該收，糾結著這樣是否算行賄，收下來會不會被廉政單位請去喝咖啡？

後來他詢問管家路易士，對方微笑地表示這種事在帝國很常見，也沒見過什麼人因此受罪，沈夜只要憑著自己的心意決定收或不收即可。

既然如此，這麼貴重的禮物不收白不收，即使用不著，兌現也好。於是少年大手一揮，讓路易士把禮物全部收下來。

然而當生活眞正再次恢復平靜後，沈夜卻開始待不住了。

現在溫室種植已上軌道，他徹底空閒下來。現在的他已證明了自己的實力，無須像最初來到皇城時那樣，爲了站穩陣腳而急著做出一番成績。可是沈夜沒有忘記自己當初之所以選擇回來，主要目的是想要幫助路卡與阿爾文。

雖然因沈夜的出現而產生了蝴蝶效應，導致路卡沒有在五歲時死亡；而本應與阿爾文死鬥的終極大BOSS傑瑞米，更是被沈夜的蝴蝶翅膀搧到不知哪去。可是既然回到了這個世界，便應該善用地球的知識，讓這個國家變得更加美好，不然就枉費這次的穿越了。

唯有國家強盛，路卡他們才能站得穩啊！

於是沈夜想著，該從什麼地方開始著手呢？

先前之所以選擇溫室種植，主要是爲了解決帝國的燃眉之急，希望能在秋收前把這技術運用得純熟。而現在沒了迫切性，也就是說，這次沈夜可以自由選擇自己喜歡的方向。

沈夜首先想到的是中國的四大發明：火藥、指南針、造紙與印刷術。

少年首先否決掉火藥。火藥不是不好，只是在這個有魔法的世界裡，就顯得不太重要。而且其中涉及很多化學知識，雖然先前抄寫的筆記裡有著詳細的解釋，可是對於文科出身的沈夜來說，只是一知半解，因此選擇研製火藥未免有些捨易取難了。

在火藥之後，指南針也很快被沈夜否決，只因在上次旅途中，他便看過阿爾文使用過類似的東西。

最後沈夜把主意打到造紙與印刷術上。如果處理得好，這兩個互相有關聯的發明還能同時進行。不過他有點遲疑……因爲穿越到這個世界至今，他還未認眞看過這裡的書籍！

並非沈夜不喜歡看書，相反地，閱讀是他爲數不多的興趣之一。只是來到這個世界後，一開始便忙於帶著兩個小皇子逃亡，後來到了十五年後的時空，意外隨同阿爾文的部隊前行，那時沈夜並沒有即時認出長大後的阿爾文，怕對方會嫌麻煩丟下他呢，哪還有心思去看書。

後來與路卡他們相認，在城堡安頓下來後，沈夜雖然曾興致勃勃地要參觀路卡的書房，然而光是看到那一系列的書名後，他看書的心情便被澆熄，只是瀏覽了一番後便離去。

只因沈夜在設定這個世界的背景時，基本上都是參考中世紀的英、法等國，小說中的角色都是外國人，說話時用的是英語，自然書寫的語言也是英文了！

因此當沈夜一眼看去……英文！英文！英文！封面上的書名全都是英文！

心好累……

沈夜的英語不算很好，但對話還算流利，遇上一些比較艱澀的詞語時，還能藉著對方的肢體語言，並結合前後的對話連猜帶矇；可是閱讀的話，他只要看到一堆英文便覺得頭痛，完全沒有看下去的念頭。

結果到現在，沈夜還未曾好好拿起一本書，打開來仔細研究這個世界的書籍到底是什麼樣子。

雖然他在抄寫保存在手機裡的資料時，接觸過用來書寫的羊皮紙，也看過以同樣材料做成的魔法卷軸。但畢竟接觸不多，也無法一概而論這個世界有沒有與地球類似的紙張。

想到便行動，沈夜立即動身，前往他那間位於府邸、在裡面逗留時間從不超過十五分鐘的書房。

每個貴族的府邸一定有間書房，雖然沈夜從沒閱讀過自己書房內的藏書，但路易士這位盡責的管家還是購入了不少書籍，把書架都填滿了。

沈夜看著眼前琳琅滿目的書籍，不禁感歎自己的管家實在太體貼了，讓他在需要時可以有現成的成品看。

然而沈夜並不知道，因爲這個世界的書籍非常昂貴，知識都掌握在一小群人的手裡，因此書房其實算是一間府邸的門面，同時也代表著屋主的內涵。裡面的藏書愈多、愈珍貴，客人來參觀時，屋主也能面上有光。

所以沈夜雖對書房一直表現得興致缺缺，路易士仍把書房裡的書架全部塡滿，甚至其中有不少是價値不菲的孤本。

沈夜隨手拿出一本書翻看，這是本手抄書，以棉繩將一頁頁羊皮紙縫在一起。在少年快速翻頁時，發現某幾頁羊皮紙上有污垢，甚至破洞，這些地方不是用墨水畫上其他東西遮掩，便是用棉繩做了處理，將破洞縫補起來。

沈夜記得在東方的造紙技術還未西傳並普及的年代，古時候的西方是以羊皮紙作爲記錄與傳遞知識的媒介。然而製作羊皮紙須經多道工序：剝下、浸泡、晾曬、塗抹保存劑等的程序後，成品階段的羊皮紙仍難免會出現瑕疵；而處理這些有瑕疵的羊皮紙，便是抄寫員的工作。剛剛看到的各種修補方法，應該就是抄寫員的傑作了，其中有些處理手法還滿有創意的。

在書房待了好一會兒後，沈夜對這個世界的書本有了大概的認識。這裡的書全都以羊皮紙製成，文字則由抄寫員抄寫謄上。換句話說，造紙與印刷術在這個世界還是有實行的價值。

現在少年有錢也有地，想做什麼試驗可以自己躲起來慢慢玩。想到先前溫室種植引起的騷動，他這次決定先在家裡低調研究，成功後再正式對外公開，反正這兩種技術無需像溫室種植那樣的人力物力，相較來說比較容易實行。

沈夜很快便從空間戒指中找到相關資料。最初的紙，是以大麻和少量苧麻的纖維爲原料製成；而木材、麻、棉、藤、稻桿、麥桿、竹等，都可以成爲造紙材料。沈夜不確定這個世界是否有這些植物，又或者會不會有更適合的植物品種，最終他決定不侷限於已知的植物，而是讓下人尋找一些纖維度高的植物來試驗。

府邸中的下人都是由路卡他們安排，沈夜一旦有什麼大動作，自會有人通報路卡他們。可是他還是親自走了一趟，到城堡說說自己的打算，順道與對方聊聊天、蹭一頓城堡裡味道不錯的下午茶。

對於下人都是皇帝眼線一事，沈夜完全不介意，更沒有什麼「你竟然不相信我」、「你派人監視我」的中二想法。甚至當路卡表示他可以自行到奴隸市場選人，不要的下人遣返回城堡就好，他也沒有這麼做。

在這個皇權至上的世界裡，路卡已給予沈夜非常大的信任與自由。留下這些人，與其說是方便路卡監視他，倒不如說是爲了堵住別人的嘴。

看！我連府邸都被陛下安插了人，陛下又哪是對我偏心呢？

何況城堡派來的下人全都經過專業培訓，絕對比沒有經調教過的新人來得好用。沈夜才沒有多餘的心力，找來一堆新人瞎折騰呢。何況他並沒有任何見不得人的事，把這些下人留下來，萬一發生什麼事時，反倒是對自己的一層保障。

路卡聽到沈夜想嘗試造出輕巧又容易書寫，而且價錢便宜的紙張時，雙眼都發亮了。身爲一國之君，路卡很清楚如果此事眞能成功，將會對國家帶來十分深遠的影響。

只是皇帝陛下高興沒多久，便聽到少年嘆了口氣，道：「路卡我好苦惱啊……你也知道啦，我府邸人數不多，要是讓他們幫忙試驗，人就不夠用了。而且我的零用錢又不多，雖然試驗的材料費不算很貴，但也不知道要多久才能成功，每一天的試驗都需要錢呢！」

看著沈夜扳著手指在哭窮，路卡終於醒悟到，對方為什麼忽然想找他一起喝下午茶了……

Chapter 7
私奔的公主與騎士

從路卡那裡獲得許多好處後，沈夜便喜孜孜地打道回府。

雖然沈夜不是負擔不起這次實驗，但可以拉到贊助的話，何樂而不爲呢？反正路卡是艾爾頓帝國的皇帝，造紙與印刷術成功後，他將是最大獲益者。那麼，爲沈夜的小金庫貢獻出一份力，也是理所當然嘛！

心情很好的沈夜步伐輕快，在城堡內某轉角處轉彎時，卻不小心撞到了人。

雖然是沈夜撞到對方，但對方身形高大，他的小身板撞上去，反而被震退了幾步。幸好對方反應快，壓抑了鬥氣的自然護體能力，不然這麼一撞，少年鐵定受傷，絕不只是被震開幾步。

「哎，抱歉。」沈夜抬頭，看到自己冒冒失失撞到的，是個高大挺拔、神色有點陰沉的青年。這人沈夜看著很面生，衣服款式也與帝國的服飾有著些微差異，似乎是他國的貴客；從外表看來只有二十多歲，可是眉宇間已有些紋路，似乎是個經常皺眉、脾氣不怎麼好的人。

這個想法才剛浮現，便見青年皺起了眉頭，神情很不愉快地瞪了少年一眼，隨即一言不發地舉步繼續前進。沈夜連忙移開身體，免得阻礙對方的去路。

沈夜看著青年遠去的身影，開始好奇起對方的身分。來到皇城後，因爲賢者的身分，以及路卡與阿爾文的維護，每個人面對他時總是溫和有禮，這還是沈夜首次這麼被人臭臉相待，於是不禁想要結識這位與眾不同的青年。

果然人都是犯賤嗎？

這個想法一生起，沈夜便一陣惡寒，立即打消了拿熱臉去貼冷屁股的念頭。

那個看似脾氣很不好的青年離開後，站在轉角處的沈夜正要繼續前進，便聽到牆壁另一邊傳來談話聲：「那位賈瑞德殿下眞是太難侍候了！只是一杯紅茶而已，不是說水溫不夠，就是茶葉不夠好，需要這麼講究嗎？」

「就是！城堡裡所有東西都是上等貨，偏偏他怎樣都不滿意。陛下都沒有意見了，就他那麼講究。」另一道女聲忿忿不平地附和。

聽到這段對話，沈夜腦海裡不禁浮現出剛剛那個被自己撞到、看起來很不好相處的青年。

他們說的賈瑞德殿下，會不會就是剛剛離開的那個人呢？

不知道他是哪個國家的皇子？

就在沈夜陷入思考之際，兩名正抱怨著的侍女終於發現了站在轉角處的少年，其中一名驚慌說道：「賢、賢者大人!?」

看到有人站在轉角，而且不知聽到多少剛才她們的對話，兩名侍女都嚇了一跳。直到看清楚對方是沈夜，兩人這才鬆了口氣。

城堡裡的下人都知道，這位年輕得過分的賢者大人很得陛下器重，但卻沒有一點架子，十分和善，也很好說話。

果然沈夜沒有責怪她們的意思，反而一臉八卦地問：「呃，我剛剛看到一位穿得一身黑，衣服還很騷包地繡滿花紋、臉比衣服還要黑的面癱青年，他就是妳們說的麻煩人物嗎？」

這是什麼鬼形容？

兩名侍女嘴角抽搐，努力忍著笑。

雖然不能痛快笑出來有點痛苦，但聽到賢者大人的形容後，她們的怨氣瞬間消散了。

良久，其中一名娃娃臉侍女總算平復了想笑的情緒，道：「是的，那位是埃爾羅伊帝國的皇子殿下。」

沈夜歪了歪頭：「埃爾羅伊帝國？那不是北方那個古古怪怪、封閉得近乎鎖國的科技大國嗎？他們的皇子殿下怎麼到我們國家來了？等等！沒記錯的話，我們帝國是沒有公主的……對吧？」

話說到最後，沈夜的表情變得奇怪起來。

這可怪不得他，畢竟埃爾羅伊帝國這個國家非常封閉，尤其是擅長鍊金術的皇族，全都是把宅屬性發揮得淋漓盡致的技術宅。基本上，除非是爲了特別的事，不然皇族幾乎不會出國。

據沈夜所知，上次有個埃爾羅伊帝國的皇室成員離開國家，就是爲了向他國公主求親。

因此，聽到這位賈瑞德殿下是埃爾羅伊帝國的皇子時，沈夜才會第一個想到，對方是來求婚的。

沈夜想到那個臉癱皇子單膝跪下，向愈來愈有笑面虎傾向的路卡求婚的情景……畫面太美，賢者大人表示不敢看！

沈夜赤裸裸地說出「帝國沒有公主」這句話，暗藏的意思實在太明顯了。再加上臉上怪異的神情，兩名侍女立即猜到賢者大人在腦補什麼。

娃娃臉侍女終於忍不住，「噗」的一聲笑了出來；另一名有著一雙漂亮桃花眼的侍女雖然仍能忍住，但神情扭曲得臉都快變形了。

「賈瑞德殿下是前來尋求協助的。」說到這裡，桃花眼侍女壓低了聲音，道：「賈瑞德殿下的未婚妻——弗羅倫斯帝國的阿加莎公主殿下，與她的守護騎士私奔了。聽說他們朝著我國方向逃跑，所以賈瑞德殿下來尋找未婚妻的下落。」

聽到桃花眼侍女的解釋，沈夜恍然大悟：「原來如此，難怪剛剛撞到那位皇子殿下時，我明明已經道了歉，他的臉還是那麼臭。原來是未婚妻跟別的男人跑了，也難怪啦！」

「剛剛賢者大人您撞到賈瑞德殿下？他有沒有對您怎麼樣？」兩名侍女聞言立即大驚失色，心想那個賈瑞德那麼難相處，賢者大人又那麼和善，該不會被人欺負了吧？

沈夜感受到兩名侍女關切的目光，彷彿他被對方怎麼樣了，便搖手笑道：「沒

事沒事，這裡是我們的地盤，那一位還能把我怎麼樣呢？真有什麼事，我國的護衛也不是吃素的，陛下不會任由我們被人欺負。」

想到要是真有人膽敢在城堡裡欺負他，他就「關門放路卡」的情景，沈夜不禁笑了出來。

雖然不知道賢者大人爲何突然自己樂呵了起來，但見他笑得開心，兩名侍女也不由自主地跟著微笑。

沈夜邊與侍女們談笑，邊在心裡想著賈瑞德皇子的事。

這個人並沒有在沈夜的小說中出場，不過他記得原本的劇情裡，被傑瑞米迫害、逼不得已逃離帝國的阿爾文，曾無意中在荊棘山谷發現兩具凍死的骸骨。當時阿爾文在其中一具女性骸骨上找到一些靈草種子，而這些種子卻引來一群亡命之徒的追殺，阿爾文還因觸碰到骸骨而受到詛咒！

當時沈夜並未花太多篇幅解釋那兩具骸骨的背景（主要是懶得想……），只簡單敘述那是一對戀人，很老土的騎士與公主相戀，最後被迫害致死而心生怨念的劇情。而那兩個一出場便已死亡的角色，沈夜連名字都沒幫他們取。

不知爲何，沈夜有種強烈的直覺，那對一出場便被他賜死的倒楣情侶，就是傳聞中私奔逃走、被賈瑞德追尋著的公主與騎士！

□

沈夜回到府邸後，心裡想著剛剛從侍女們那裡八卦來的事，因而對造紙術的熱情消退不少。雖然已沒有一開始急切的心情，但這工作還是得做，於是便找來管家路易士，要他準備一下相關事宜。

路易士聽到自家主人的想法後，被那奇思妙想驚呆了！

沈夜看到對方那副雙目放光的熾熱神情，立即當起了甩手掌櫃，把造紙的方法，以及從城堡挖來的人手與資金都交給他處理了。

再次變得無所事事的沈夜，怎樣也不會想到命運的奇妙。

當天晚上，少年便遇上了下午自己念念不忘的那對情侶——在被人用匕首橫在脖子上、小命遭受威脅的狀況下。

「別動！也別發聲！我們不是壞人，不會傷害你的。」

要證明你們不是壞人的話，拜託拿開架在我脖子上的匕首啊！

沈夜現在後悔得要命。晚飯吃得太飽就算了，為什麼自己要閒著無聊，一個人跑到花園去賞月呢!?

沈夜身後的男子單手箝制住他的行動，而男子身旁的少女則上前道：「我們對你沒有惡意，我是弗羅倫斯帝國的公主阿加莎，這位是我的守護騎士布里安。有些事須要私下與貴國的賢者大人商討，希望你能見諒。」

此時月光正好照亮了阿加莎的臉龐，少女長得美艷動人，的確有著讓兩名男子爭奪的本錢。

阿加莎哭笑不得地看著眼前的少年，想不到對方在自身被脅持的狀況下，竟還有心情盯著她的臉發呆。至於箝制著沈夜一舉一動的騎士布里安，見狀卻有些不高興。在他心目中，公主殿下是這世上最神聖高貴的存在，又怎能容許被一個平民直勾勾地注視？

心情不爽下，布里安加大了手中力道，同時身上的靈力也不受控地外洩了些，使兩人腳下的野草倏地變得愈發翠綠。

看到野草的異樣，沈夜確定了這兩人身分不假。

這要先說一下，在這片大陸上，各自佔據四方的四大國，分別是路卡統治的艾爾頓帝國、先前賽婭差點在那裡喪命的歐內特斯帝國、賈瑞德所屬的埃爾羅伊帝國，以及這位公主與騎士所說的弗羅倫斯帝國。

四個帝國各有特色。

艾爾頓帝國是個魔法與鬥氣共存的國度，同時也是四國之中最富裕的國家。

而歐內特斯帝國，則是一個全民尚武的國家。武力值決定了身分與地位，民風剽悍，大部分人民都是身具鬥氣的戰士。

至於埃爾羅伊帝國，卻是個神祕的國家。身處北方的他們，長期處於冰天雪地的環境，地理位置遠離其他三大國，也不喜歡與別國交往。那裡的人既不擅長魔法，也沒有鬥氣的天賦，可是卻有著其他國家沒有的強大優勢——科技！

埃爾羅伊帝國裡，出了無數強大的鍊金術大師，將魔紋融入各種器具，從而獲得強大的力量。

但說到最爲特別的，還是與靈草共存的弗羅倫斯帝國。弗羅倫斯的國土中長有各式各樣的靈草，那裡的人民從小便與靈草爲伍。這些靈草受到人類照顧，也爲人類帶來各種便利又強大的武力。而弗羅倫斯帝國的人，他們並沒有魔法與鬥氣天賦，取而代之的則是對靈草的親和力。

布里安的靈力使野草出現異狀，這就是他爲弗羅倫斯帝國人民的證據，而且能無意識做到這種程度，實力想必不低，更讓沈夜深信他守護騎士的身分。

感受到布里安增加了手上力道，沈夜這才想起自己的舉動過於失禮，立即向阿加莎歉意一笑，並迅速移開了視線。

阿加莎與布里安首次偷闖民宅，做著這種小偷惡人才會做的事，本身已因心虛而心神不定；加上夜色掩護而沒有注意到，這個他們誤以爲是下人的少年，擁有一雙完全沒幹過粗活的手，身上的衣服款式雖然簡樸，可是用料絕不是一個下人所能穿得起。

在狀況未明朗的情勢下，沈夜自然不會洩露自己的身分，反而假裝是僕人，畏畏縮縮地說道：「一國的公主殿下豈會摸黑潛入賢者大人的府邸？而且你們鬼鬼祟崇的，我怎能把你們帶到賢者大人那裡!?」

布里安一臉凶狠地威脅：「你別以爲我不敢殺你！你若不合作，我手上的匕首可不好說話。」

就在沈夜想著現在身爲人質的自己，應該要寧死不屈，還是忍辱負重地選擇帶路之際，禁錮著自己的力道卻倏地消失，隨即身後傳來一陣刀劍互擊的聲響。

沈夜連忙回頭察看，只見不知何時出現的伊凡，正與布里安打得火熱。

身爲騎士的布里安本就不擅長近身作戰，更何況手上的匕首也不是他慣用的武器，瞬間便落了下風，在伊凡的攻勢下節節敗退。

「布里安！」看到愛人遇險，阿加莎手一揮，只見一株靈草平空出現。這靈草足足有一個成年人的高度，頂端有著顏色鮮艷的紅色花冠；花冠中伸出無數觸手般的藤蔓，扭動著伸向伊凡和在一旁看戲的沈夜。

伊凡幾個起落便從眾多藤蔓中逃脫，可沈夜就沒那麼好運；武力值只有五的他，迅速被藤蔓抓住了。

看著那些扭動著、感覺像蛇又像觸手的藤蔓，沈夜起了一身雞皮疙瘩。藤蔓表面有些濕漉，雖然這免去了被磨破皮的危險，卻讓少年更感噁心。

沈夜被藤蔓纏著腰部、舉離地面，他蹬著雙腿，一臉厭惡地怒吼：「放開我！」

隨著沈夜的怒斥，一股不屬於少年的複雜情緒，突然在他心底浮現。有點難過，又有些委屈，還隱隱有著渴求與討好……

這種感覺，非常像沈夜初次接觸毛球一家時，魔獸們傳來的情緒。

想到這裡，沈夜愣住了。

難道不只魔獸，連靈草他也能溝通，並且馴服它們嗎？

沈夜感受到靈草因他的抗拒與厭惡，而不停傳來難過的情緒，少年深邃的黑眸精光一閃，伸手拍了拍腰間的藤蔓，道：「誰被這樣對待都會生氣的。如果你放我下來，我便原諒你這次欺負我的事。」

隨著沈夜的話，公主與騎士目瞪口呆地注視著靈草竟然真的放開了沈夜。而且不是騰空鬆開藤蔓，是將少年放回地面後才鬆開，體貼得不可思議。

「這不可能！龍藤草，快點抓住他！」阿加莎一臉驚訝地下令。

然而靈草卻無視主人的命令，反而親暱地伸出藤蔓，纏繞在沈夜四周，簡直就像隻對主人撒嬌的小狗。沈夜伸手摸了摸其中一條藤蔓後，龍藤草的花冠甚至變得更加艷紅，像位羞紅了臉的少女。

此刻龍藤草的模樣，彷彿正無聲吶喊著：嗷嗷～男神剛剛摸我了！這條藤蔓我一輩子都不洗了！

看到龍藤草竟然無視自己的命令，阿加莎終於慌了：「怎、怎會這樣？龍藤草明明是我的本命靈草……難道你對靈草的親和力，竟然高到使它們背叛自己的主人？」

沈夜沒有理會阿加莎，只是向布里安喊道：「停手吧！你們剛剛弄出那麼大的動靜，護衛很快就會趕過來了。爲免不必要的傷害，你們還是束手就擒吧！」

布里安沉默著沒有回話，然而他仍未停止手上的動作，繼續與伊凡你來我往地打得激烈，表明了他的回答。

沈夜見狀聳了聳肩：「你們現在住手的話，我就願意和你們聊一下，你們不是特地過來找我的嗎？」

阿加莎問：「你這話是什麼意思？」

「你們不是有事必須私下與我商討嗎？」說罷，沈夜露出狡黠的笑容：「我就是艾爾頓帝國的賢者——沈夜啊！」

「什麼!?」阿加莎驚叫了聲；布里安聞言後，手上的動作也不禁一頓，立即讓伊凡找到機會，立刻被制住了行動。

此時護衛隊與賽婭隨之趕到。雖然從打鬥開始到現在只有短短幾分鐘，護衛的動作已相當迅速，但看在沈夜眼中，還是有種警察總在事情解決後，才姍姍來遲的感覺。

「少爺！哥哥！」賽婭上下打量兩人一遍，確定他們沒有受傷後才鬆了口氣，視線掃過阿加莎兩人，最終卻定格在沈夜身旁的龍藤草，驚呼：「靈草!?」

靈草是弗羅倫斯帝國獨有的，賽婭知道這並不屬於沈夜。也就是說，這株黏著沈夜、看似十分溫馴的靈草，是敵人的武器！

雖然靈草看起來一副人畜無害的模樣，但賽婭知道靈草的戰鬥力不能以外表來衡量。女孩深怕龍藤草會傷害沈夜，指尖迅速凝聚出一顆火球想擊退靈草，卻被沈夜適時制止：「住手！賽婭，它不會傷害我的。」

彷彿印證沈夜的話般，龍藤草伸出藤蔓，撕下花冠上的其中一片花瓣，獻寶似地將艷紅的花瓣遞給少年。

「怎、怎麼可能!?」阿加莎覺得這短短的幾分鐘內，自己從小到大、十多年來對靈草的認知簡直完全被粉碎。龍藤草的花瓣是它的靈力累積所在，也是整株靈草最爲珍貴的部分，要是強取豪奪，花瓣的靈力便會迅速消散。唯有龍藤草心甘情願地給予，花瓣才有用處。

作爲攻擊性靈草的龍藤草，性格本就凶悍，只有少數與龍藤草非常親近、心意相通的主人，才能讓龍藤草心甘情願地贈送花瓣。

阿加莎在十歲時成功獲得龍藤草的認同，讓它成爲自己的本命靈草，就已被奉爲弗羅倫斯帝國的天才。即使如此，至今龍藤草依然不願意將花瓣送贈給她。

可是眼前這位自稱賢者的少年，明明只是與龍藤草初次見面，便讓靈草親自奉上最重要的花瓣。少年甚至沒做出請求，完全是龍藤草主動去討好對方……

這差別怎麼這麼大啊？這教她這個龍藤草的眞正主人情何以堪!?

「送給我的？謝謝！」

阿加莎看著不知道花瓣珍貴性的沈夜，毫不在乎地把花瓣丟進空間戒指裡，她好想扯著對方的衣領猛搖。

這是龍藤草的花瓣啊！

你這樣一臉不在乎，有想過我這個求而不得的靈草主人的心情嗎!?

愈來愈多人往他們這邊趕來，沈夜向護衛隊隊長吩咐：「柯特，先讓大家撤吧！今天的事情先保密，別到處張揚。」

雖然這麼交代，他卻知道方才的騷動，足以讓「賢者府邸有刺客帶著靈草偷襲」一事在隔天迅速散布開來。畢竟出了這種事，柯特一定要向路卡報告，而且沈夜相信在他鋒頭正盛的這段時間裡，賢者府邸附近必定潛伏著不少探子。

今天的事最終遮掩不住，而眾人因靈草的出現，猜到「刺客」是來自弗羅倫斯帝國的阿加莎與布里安一事，已經可以預料到了。

Chapter 8
交易

看到護衛隊長聽從沈夜的命令，阿加莎這才相信這個被他們誤以為是下人的少年，竟然真是艾爾頓帝國的賢者大人！

雖然早已探聽到賢者非常年輕，可是他們卻沒有料到竟是個只有十幾歲的少年，而且看起來溫和無害，讓人很想親近，與他們心中那種運籌帷幄的智者模樣相距甚遠。

心裡再震驚，兩人仍未忘記前來的目的。阿加莎立即一改剛才強硬的態度，向布里安頷首示意。在伊凡的壓制下不甘掙扎的布里安見狀，立即安分下來，乖乖讓對方押走自己。

至於阿加莎，沒有靈草保護後，也只是位普通的少女，力氣比沈夜還不如。加上她尊貴的身分，以及沒有再反抗的溫和態度，沈夜並沒有讓護衛押著她前進；而少女也很合作地乖乖隨著眾人走。

過程中還出現一段小插曲。當阿加莎要收回靈草時，龍藤草死活不肯離開沈夜，最後還是少年出聲勸告後才乖乖被公主殿下收了回去，讓阿加莎幾乎都要懷疑，沈夜才是龍藤草的主人了。

當眾人進入府邸安頓好後，沈夜才再度詢問：「你們來找我有什麼事，現在可以說了吧？」

阿加莎與布里安聞言，不禁露出無比尷尬的神情。他們找沈夜是有事相求，但因為此事的隱密性，不能光明正大地拜訪。原本只打算抓個下人來指路，怎料不知運氣到底是好還是不好，隨便一抓就抓住了賢者本人！

雖然折騰了半天，沈夜卻未讓護衛直接押走他們，而是給他們說話的機會，願意聆聽他們的請求。然而看到沈夜因他們的糾纏，被弄得一身泥土的狼狽模樣，阿加莎與布里安便覺得心虛不已，一時間不知該說什麼才好。

沈夜見兩人欲言又止，也不催促，逕自喝了一口熱茶，說道：「說起來，賈瑞德殿下已經追來了，我今天下午還在城堡裡看見他呢！」

聽到賈瑞德那麼快就追來，阿加莎顧不得心裡的尷尬與糾結，說出：「我想與賢者大人你做一場交易。」

沈夜本以為阿加莎他們是來尋求自己的庇護，或是請教解決問題的方法。想不到公主殿下一開口就以交易為大前提，倒是勾起了沈夜的興趣。

其實看到他們時，知悉兩人命運的沈夜早已決定要出手幫忙了。

雖然現在劇情已和原版本偏離了十萬丈遠，可是難保強大的劇情再次作祟，將阿爾文送到兩人原本屍骸的所在之處。

畢竟在這個世界裡，所謂「劇情」便是「命運」，沈夜不敢小看命運的慣性與強大。

因此為杜絕這種事發生，要不幫助他們、讓兩人有情人終成眷屬；或者趁他們身處艾爾頓帝國時，將他們抓住，交給追來的賈瑞德殿下。

不過第二個方法，先不說沈夜狠不狠得下心，光是風險就有點高。明知以弗羅倫斯皇族血脈的特殊性，他們死後，心懷怨念的靈魂會產生強大的詛咒。雖然他知道解除的方法，但絕不想拉這個仇恨值，親自感受詛咒的恐怖。

所以在能力所及的範圍內，沈夜還是會給予兩人幫助。

然而心裡已有決定是一回事，與對方談判時所表現出來的態度又另當別論了。既然阿加莎說出「交易」二字，就代表他們已準備了沈夜看得上眼、會為此而出手相助的籌碼。

所謂不要白不要，這種狀況下，沈夜才不會洩露自己想要幫忙的打算呢！

沈夜一臉為難地說道：「我已聽過你們的事，既然賈瑞德殿下已經追來了，就代表這件事沒有那麼好解決。無論你們開出的籌碼是什麼，我都不能為了利益，影響到我國與埃爾羅伊帝國的邦交。」

聽到沈夜帶著拒絕意味的話，阿加莎反而覺得有了希望。少年說得出這番話，顯然已好好考慮過他們的事，並未敷衍了事，於是說道：「其實我與賈瑞德殿下的婚約，也只是一場交易，他並不像賢者大人你所認為的，對我如此看重。」

沈夜聞言，不禁露出好奇的神情。阿加莎與布里安在小說裡出場時便已是屍骸，他們與賈瑞德的恩怨完全沒有被提及，就連沈夜這個作者也不清楚。而現在這個世界顯然已自行補好這個漏洞，他十分好奇事情到底是怎麼樣。

只聽阿加莎續道：「小時候我被有著劇毒的金尾蛇王咬到，當時只有埃爾羅伊帝國的皇室倉庫，才存有解除這種劇毒的藥劑。父皇為了救我，只得前往埃爾羅伊帝國懇求幫忙。埃爾羅伊帝國位處北方，國家有三分之一的土地長年處於冰天雪地的環境。而我，剛出生便有著很大的靈草親和力，是國內唯一能與龍藤草親近的人！」

說到這裡，阿加莎露出了驕傲神色。不過她很快便想到，眼前的少年雖然沒有靈力，但不知爲何靈草親和力卻高得嚇人，甚至高到龍藤草主動贈送花瓣討好的地步。她這種小成就在沈夜面前實在不値一提，原本興高采烈的神情瞬間黯淡下來。

布里安看到公主失落的模樣，便握著她的手，安慰地拍了拍她的手背：「在我的心目中，妳永遠是最好的。」

阿加莎臉頰緋紅，雙眼亮晶晶地以同樣情深的眼神凝望對方：「布里安……」

沈夜：「……」

在單身狗面前秀恩愛什麼的，最討厭了！

少年的眼睛快被眼前的笨蛋情侶閃瞎，假咳幾聲，打斷了他們的深情對望。

阿加莎回過神來，這才想起旁人的存在，嬌羞的神情顯得她更加美艷得不可方物，她繼續說道：「被龍藤草汁液浸泡過的種子，能加強對嚴寒的抵禦能力，使它們更容易度過脆弱的幼苗階段。而我，則是國內唯一獲得龍藤草接納的人。如果我嫁過去，龍藤草便順理成章成爲我的嫁妝，爲埃爾羅伊帝國所用。當時爲了救我的性命，父皇只得接受這項條件。」

說到這裡，公主眼中卻浮現出溫暖的光芒：「父皇對待子女很寬容，我的三個兄長都是自由戀愛，娶自己喜歡的妻子爲妻，二皇嫂甚至是出身農鄉的姑娘。要不是爲了救我的性命，父皇也不會答應埃爾羅伊帝國的要求。我與布里安是眞心相愛，我無法忍受自己嫁給一個沒有感情的男人，所以我……和布里安私奔了。」

「其實我們……原本打算找一個方法，解除掉我和龍藤草之間的契約，然後一起進入荊棘山谷。」阿加莎苦笑道：「我們不能因爲自己的任性，而使兩國關係陷入困局。荊棘山谷是流放罪犯的地方，不歸任何國家管轄，我們進入那裡只有九死一生，如此一來，埃爾羅伊帝國應該就不會再追究了吧？可是我們在旅途中，卻聽到艾爾頓帝國研發出溫室種植的方式……」

沈夜頷首道：「我明白妳的意思了。埃爾羅伊帝國想要迎娶妳，主要是因爲妳的龍藤草能幫助種子抵禦北方嚴寒的氣候。可是現在我國研發出溫室種植，那麼龍藤草對埃爾羅伊帝國來說就沒有那麼重要了。所以……妳是想要我把溫室種植教授給你們？」

阿加莎點了點頭，深怕沈夜不答應，立即續道：「當然我們也會給予貴國相應的報酬，盡力滿足你的要求。」

看到阿加莎急切的模樣，沈夜不知該說什麼才好。

這位公主殿下顯然從小被人保護得很好，這麼輕易地便把自己的底牌掀開給對方看。照理來說，在談判中爲了獲得最大利益，即使再焦急也應該收起情緒。阿加莎這副恨不得雙手奉上所有能拿出手的東西的模樣，不正是叫別人獅子大開口嗎？

沈夜笑著搖搖頭：「溫室種植也不是萬能的，聽說埃爾羅伊帝國冬天的平均溫度，可比我們這邊冷多了。」

阿加莎解釋：「可是埃爾羅伊帝國的種子，耐寒性比艾爾頓帝國高得多。只要些許幫助，讓農作物度過幼苗期就可以了。」

聽完對方的話，沈夜大致明白了埃爾羅伊帝國的需求，卻仍沒有一口應允下來：「溫室種植雖然是由我發明，但卻包含了很多人的努力才能成功。而且我既然把這項技術獻給陛下，它便是屬於整個國家，因此這件事，公主殿下應該與路卡陛下商討才對。」

阿加莎聞言，立即露出退縮的神情。沈夜很快便想到她是在忌憚城堡裡的賈瑞德，於是勸道：「殿下，這事涉及埃爾羅伊與弗羅倫斯兩國的邦交，即使妳再怎麼不願意面對，但身爲這件事情的關鍵，妳都不應該逃避。趁現在賈瑞德殿下還在城堡裡，你們還是直接和他把話說開吧？」

其實賈瑞德也滿可憐的，雖然這位皇子迎娶阿加莎並不是爲了愛情，不過這仍舊是一場你情我願的交易。現在快要到手的新娘跟人跑了，揹負著的壓力不知該有多大呢！

阿加莎一臉不願，倒是布里安握著少女的手，道：「阿加莎，我們總要面對他。這次無論如何補償，都是我們對不起賈瑞德殿下在先，我想要親口向他說聲『對不起』。」

面對戀人明亮且正直的目光，阿加莎想到自己在這件事上，滿心只想要逃避，便羞愧地垂下眼簾，隨即輕輕點了點頭。

□

第二天一早，沈夜帶著阿加莎與布里安來到城堡時，賈瑞德驚呆了。

昨天他才來到城堡求助，今天沈夜便把他要找的人領回來，這位賢者大人的效率未免太高！

會議室裡，坐著路卡、阿爾文、賈瑞德、阿加莎和布里安，以及沈夜。沈夜身後還站著賽婭與伊凡二人，氣氛一整個嚴肅。

聽到沈夜說完昨晚發生的事後，阿爾文頷首說道：「我明白了，小夜，明天我會搬到你府邸與你一起住。」

眾人：「……」

這是什麼神展開!?

眾人備受驚嚇的神情實在太明顯，阿爾文只得解釋：「反正眾大臣都看不慣我經常待在城堡裡，而我的府邸又冷冷清清的，實在不想回去，乾脆搬過去與小夜結伴好了。何況，經過昨天的事後，我實在不放心小夜的安全。」

說罷，阿爾文還瞪了伊凡與賽婭一眼，話裡話外都是一副不再相信他們的遷怒模樣。雖說事出突然，而且伊凡他們也及時出現在沈夜身邊，但只要事情涉及沈夜，阿爾文便會特別上心。重要的東西嘛，還是自己親自守護才比較安心。

賽婭不禁苦笑，凡事只要牽涉到自家少爺，阿爾文殿下總會露出平時不會外顯的一面。雖然對方這種行爲實在有點幼稚，卻是難得一見的眞性情。

至於伊凡，就沒有賽婭那麼好的脾氣了。青年冰冷的藍色眸子，直直迎上阿爾文充滿遷怒的視線。兩人以眼神交鋒，旁觀的眾人都幾乎聽得到劈里啪啦的危險電流聲。

沈夜看得心驚膽戰，連忙打斷兩人的「情深注視」，說道：「當然可以，反正府邸還有很多空房，隨時歡迎你搬進來。」

老實說，阿爾文不放心沈夜，沈夜其實也很不放心這個註定命運坎坷的主角啊！

雖然因爲沈夜的插手而使劇情改變了許多，可是主角嘛，在擁有主角光環的同時，也意味著擁有招惹各種麻煩的體質。

例如：進入森林就會摔下懸崖；被美麗的少女暗戀，就會有仗勢凌人的紈褲子弟與他搶女人。

當然，這些倒楣事發生後，隨之而來的便是各種機遇與打臉。例如：掉下懸崖後會在崖底撿到武林祕笈……咳！是草藥才對；後者，則是阿爾文展露皇帝身分來亮瞎敵人的狗眼，又或者直接用實力碾壓，然後是各種啪啪啪地打臉其他人。

總而言之，爲了推動劇情發展，阿爾文必得遇上各式各樣的事。他的人生公式基本上是：倒楣→機遇→奮發→再倒楣→再機遇→再奮發……所謂的倒楣，包括各種危險、詛咒，以及不長眼的挑釁者。所以說，這是名符其實的機遇與危險並存的人生啊！

而且當初爲了響應Bad End熱潮，他最終把阿爾文人生的無限輪迴定格在「倒楣」上。

因此對這個難以預測何時會出狀況的主角，沈夜還是覺得要放在眼皮子底下才最爲安心。

於是兩人迅速達成協議，皆大歡喜。

而路卡對於自家兄長要搬出去一事並未太感意外，更多的注意力是放在阿加莎提出的交易上：「所以阿加莎殿下您前往小夜的府邸，是希望能奪得溫室種植的方法，以作爲解除婚約的籌碼，然後交給賈瑞德殿下、換取自由，對嗎？」

阿加莎聽出年輕皇帝話裡的揶揄與敵意，想到自己先前的行動實在太過失禮，不禁心虛地表示：「造成大家的困擾，眞的非常抱歉。我絕對沒有要搶奪賢者大人研究成果的意思，更沒想過要傷害他。」

說罷，阿加莎轉向沈夜，再次鄭重道歉：「我當時只是想要找人幫忙帶路，並沒打算傷人，更不知道你就是賢者大人。驚擾到你眞的很抱歉。」

一旁的布里安也是一臉歉意地向少年道歉。

沈夜猜測路卡是故意把事情說得嚴重，在談判時好增加籌碼。然而看到兩人內疚的神情，他實在不忍再去欺負這兩個老實人了。

至於故意挑起二人歉意的路卡，可沒有任何退讓的意思。既然沈夜那麼上道地將溫室種植的方法貢獻給國家，沒有打算私藏，那他當然要努力將它賣出一個最好的價錢，才不枉少年的心意。

路卡已經不是當年那個軟綿綿的孩子了，早在很久以前，他便已能面不改色地下達各種殘酷的命令。對付阿加莎與布里安這對小情侶的小手段，在他眼中根本不算什麼。

現實的磨練使路卡的心變得冷硬，他的溫柔與善良依然存在，可是卻藏了起來，只在信任的人面前表露。

對於阿加莎的交易，該爭取的路卡還是會去爭取。不過在與對方交易前，他得先打發事件的另一名主角——千里追妻的賈瑞德。

路卡說道：「那賈瑞德殿下的意思？」

阿加莎知道這事最終成不成，主要還是得看賈瑞德這個未婚夫的意思。要是對方堅持娶她，那……

想到這裡，公主一雙翠綠的眸子立即浮現起惶恐與不安。

賈瑞德冷冷睨了她一眼，道：「我也不想與這個麻煩的女人綁在一起，能解除婚約，我自然求之不得。妳以爲我很想娶妳嗎？我沒有那麼掉價。」

阿加莎聞言頓時一窒。雖然賈瑞德能夠應允她很高興，可是對方的話實在太氣人了！

路卡滿意地頷首，只要賈瑞德應允，那麼這次的交易便完成了一半：「那現在，我們就來談一下。阿加莎殿下，妳打算以什麼來交換我們國家的種植方法？」

阿加莎看了賈瑞德一眼，眼神簡直在赤裸裸地說著：這裡沒你的事了，滾一邊涼快去吧！

偏偏賈瑞德就像看不明白似地賴在這裡，還故意朝她挑釁地挑了挑眉。

阿加莎爲了讓艾爾頓帝國交出溫室種植的方法，用來交換的東西必定不能太寒酸，甚至還要比這個種植技術更好一些，不然人家憑什麼和自己交易呢？

不過若是賈瑞德留下來，萬一對她提出的條件動心，然後反用婚約來要脅她，想從中分一杯羹怎麼辦？

偏偏賈瑞德就是厚著臉皮要留下來，阿加莎也拿他沒轍，總不能把人趕出去。

少女頓時陷入苦惱。

此時，鮮少說話、一直讓公主出面交涉的布里安突然說道：「靈草。」

阿加莎聞言，雙目一亮，隨即便見公主殿下一掃剛才的爲難神情，自信滿滿地說道：「我們願意以靈草，來與貴國交換溫室種植的方法。」

聽到阿加莎的話，路卡等人都愣住了。

賈瑞德則冷笑著嘲諷：「還以為妳會開出什麼條件呢，竟然想出用靈草來糊弄人，真虧妳說得出口。誰都知道除了你們弗羅倫斯帝國的人，其他人根本無法與靈草溝通，更不要說驅使它們了。靈草一身是寶沒錯，可是不能強行搶奪。即使是再珍貴的靈草，到了別國人手裡也與路邊野草無異。」

路卡與阿爾文雖然沒有說話，可是神色也是一臉的不贊同。可是他們卻又覺得對方不可能在這節骨眼上耍心機。即使她想糊弄他們，也不至於拿出這種一聽便知對他們沒用的東西啊！

只有沈夜，以及昨晚目擊少年與龍藤草互動的人，才明白這個條件的意義。

沈夜看了一直很低調的騎士一眼，不禁對這個總是默默守護在阿加莎身旁的男子另眼相看。布里安這個提議，對於能驅使靈草的沈夜來說，是一個無法拒絕的誘惑，同時又完全杜絕了賈瑞德見獵心喜的可能性。

阿加莎見路卡張嘴想要拒絕，立即胸有成竹地說道：「路卡陛下，請您不要急著拒絕，可以先與賢者大人商議一下。」

公主殿下的話一出，眾人立即把視線轉至沈夜身上。

沈夜想了想，問：「任何靈草都可以嗎？」

阿加莎承諾：「是的，只要是我國的無主靈草，都可以任你們挑選一棵。」

阿加莎的條件聽起來很豪爽，但其實等級愈高的靈草，愈難以親近人類，因此她才輕易做出這種承諾。

雖然她曾親眼目睹沈夜對靈草的親和力，但畢竟對方沒受過有系統的訓練，而且野生靈草比有主的凶猛多了，因此阿加莎其實不太看好沈夜能夠收服高階靈草，這番承諾可說給得毫無負擔。

沈夜則與阿加莎想的相反，因爲了解自身的特殊性，他對於收服靈草一事很有自信，因此自然不會放過這個大好機會，於是向路卡說道：「我覺得這個條件可以。」

沈夜的話出乎路卡等人意料，雖然不知道他這麼說到底有什麼根據，但路卡知道少年不會無的放矢。

何況溫室種植這個方法本來就屬於沈夜，它難的是創意，要是其他國家有心，花一些時間與手段總能探聽得到。現在之所以能用來當交易籌碼，是因為對方想要盡快學習的急迫性。所以說，過了這個村就沒這個店了。

而且最重要的是，小夜認爲可行啊！

光是在這點上，路卡就不會反駁少年，因此便應允了下來。

事情總算圓滿解決，阿加莎與布里安相視一笑，兩人的手緊緊相握。

這次私奔，他們原本已有兩人要死在一起的決心，想不到卻意外獲得了在一起的契機。

賈瑞德看著他們冷哼了聲，然而那張不饒人的嘴倒是沒再吐出什麼刻薄的話語。

Chapter 9 毛球同行

交易達成後，沈夜很爽快地將溫室種植的技術，以及這個世界的「塑膠」製作方法，毫無保留地交給了賈瑞德。

看到沈夜這麼爽快，阿加莎也回報了同等的熱情，興致勃勃地與他商討著前往弗羅倫斯帝國一事。

解除了婚約，再度恢復自由之身，阿加莎非常想念家鄉，恨不得現在就插翅飛回弗羅倫斯帝國。

然而賈瑞德接下來說出的話，瞬間毀了她的好心情：「我也與你們同行。」

面對眾人訝異的神情，賈瑞德道：「別這麼看我，我也不想這麼麻煩。但是要退婚，我身為當事人，還是親自與奧尼佛陛下說一聲比較好，以防節外生枝。」

想不到對方居然這麼體貼，阿加莎向青年投以感激的眼神。

賈瑞德笑道：「妳也不用感謝我，我只是怕事情生變，真要把妳娶回去我也不願意。」

「……」

阿加莎已經不期待從賈瑞德的口中聽到好話了。她真的很慶幸自己不用與這個男人過一輩子，不然被他氣死後，她的遺產（龍藤草）還要屬於這個讓自己氣死的元凶，她絕對會死不瞑目！

沈夜問：「那溫室種植法呢？你不用帶回國嗎？」

面對少年時，賈瑞德的態度倒是客氣多了。雖然他一臉「這個人到底在問什麼白痴問題」的表情，但至少沒說出口，還捺著性子解釋了一句：「我已讓隨從快馬加鞭地把那些資料送回國了。」

沈夜並沒有告訴路卡與阿爾文他對靈草的特殊親和力，但他相信兩人應該已經收到相關報告了。所以在場人之中，就只有賈瑞德一人仍對此事毫不知情。

雖然他覺得讓賈瑞德知道也沒什麼關係，可是靈草只會親近弗羅倫斯帝國的人民，這點可說是這個世界的常識。誰也不會想到，艾爾頓帝國的賢者竟能獲得靈草的青睞。

因此對沈夜來說，靈草絕對可以成爲他的底牌，這事自然愈少人知道愈好。

至於阿加莎，她同樣也不想讓賈瑞德知道沈夜的能力。倒不是爲了沈夜著想，而是既然有了對方這個特例，那如果還有其他人擁有這種特殊性呢？

只有弗羅倫斯帝國的人民才能收服靈草，也是各國間根深柢固的常識。沒有親和力，也沒受過如何親近靈草教育的人，貿然接近靈草絕對是九死一生。而且靈草是弗羅倫斯帝國的重要財產，國家早已立法，不允許任何人對靈草造成傷害。那些覬覦靈草的異國人，除了要承擔靈草的反擊外，東窗事發時，還要受到弗羅倫斯帝國的追殺，這種下場未免太淒慘了點。結果碰釘子的人多了，就沒有別國的人再敢嘗試。

阿加莎已能預想得到，如果沈夜的能力被公開，那麼必定會吸引一群又一群想投機取巧的人，前往弗羅倫斯帝國嘗試收服靈草，到時他們可就有得忙了。萬一當中真的出現了與沈夜一樣的怪胎，那國家豈不是損失慘重嗎？

因此沈夜與阿加莎彼此想法的出發點不同，做法卻不謀而合，皆很有默契地在賈瑞德面前隱瞞了這件事。

可是現在，對方提出要一起前往弗羅倫斯帝國，他們的如意算盤就打不響了。青年既是這場交易的當事人，而且已對沈夜願意以靈草進行交易一事產生興趣，要拒絕他似乎是行不通了。

沈夜雖然不想讓更多人知道自己的能力，但既然對方堅持，讓他知道似乎並無不可。況且在旅途中難免會露餡，於是在確定賈瑞德同行的決心後，沈夜便轉向阿加莎，微笑著要求：「阿加莎殿下，可以麻煩妳放龍藤草出來嗎？」

阿加莎嘆了口氣，她也清楚這件事終究隱瞞不了賈瑞德，與其抵達弗羅倫斯帝國後才讓他知道沈夜的能力，沒辦法預測對方反應，倒不如現在先讓對方有個心理準備。

只是阿加莎並沒有立即放出靈草，而是向路卡投以詢問的眼神。畢竟靈草是她的武器，取出它等同在城堡裡拔劍。

獲得路卡頷首許可後，阿加莎便動用靈力，寄宿在她身上的靈草接著瞬間平空出現。

龍藤草現身後，立即歡快地甩動著藤蔓伸向沈夜。沈夜見狀，握了握其中一條纏著自己撒嬌的藤蔓，態度簡直就像拍拍繞著自己轉圈的小狗、讓牠安靜下來般地隨意。

而龍藤草竟然還真因少年的撫摸而停下來，花冠並再次紅艷了幾分，彷彿少女

因男神的觸碰而羞紅了臉。

看到一人一草的互動，不知道的人，還以爲少年才是龍藤草的眞正主人呢！即使路卡他們親眼看著龍藤草是由阿加莎所放出來，也產生出沈夜才是靈草主人的錯覺。

而賈瑞德一副見鬼的神情更充分取悅了阿加莎。想當初她也是驚訝萬分，現在看到別人也如此震驚，不禁生出一種找到同伴的詭異心理，就連龍藤草完全把她這個主人放在一邊、一個勁地黏著沈夜的鬱悶感也消散了不少。

阿加莎說道：「如各位所見，賢者大人有著很強的靈草親和力，因此我們才會以靈草作爲此次的交易籌碼。另外，這次旅程我會親自隨行，爲你們講解靈草的特性。至於能與怎樣的靈草進行契約，則要看緣分了。」

沈夜頷首道：「阿加莎殿下，要麻煩妳了。」

雖然沈夜說得客氣，聽起來好像領了阿加莎的情，但其實他心裡清楚，公主與他們同行，何嘗沒有監視的意味？

阿加莎最後的那句「看緣分」，也充分地表示，獲得怎樣的靈草要憑沈夜自己的本事。本事不足，即使最後空手而歸也怨不得人。

至於路卡與阿爾文，雖然一開始對沈夜能夠獲得靈草喜愛一事也很感意外，但畢竟有過毛球一家的先例，靈草與魔獸應該也是差不多的存在……吧？何況他們已早一步收到消息，並沒有如賈瑞德般地失態。在親眼目睹沈夜與龍藤草的互動後，他們僅單純爲少年的天賦感到欣喜。

賈瑞德想不到艾爾頓帝國這位年輕的賢者竟然如此特別，不僅擁有研究出溫室種植法的智慧，還有著讓靈草親近的特殊天賦。

聽說這個沈夜並不是艾爾頓帝國土生土長的人，而是他國來的外來者，只因曾經救過路卡與阿爾文的性命，才被兩人奉爲上賓。

不得不說，艾爾頓帝國實在是撿到寶了！

這麼出色的人，如果能夠爲他所用……賈瑞德瞇起了雙目，看著沈夜，浮現出志在必得的神情。

□

被退婚一事有損埃爾羅伊帝國的顏面，實在不宜大肆宣揚，因此眾人並未大張旗鼓地出發；至於同行者，除了路卡，在場的人都將一同前行。

敲定了明日出發後，先前怎樣都趕不走的賈瑞德終於識趣地告辭，臨走前還特意走向沈夜，道：「初次見面時，因為我心情不好，所以態度有些失禮，希望你能見諒。」

沈夜想不到這個怎樣看怎樣脾氣不好，而且嘴巴很毒的賈瑞德，會主動過來找他套關係，甚至還向他道歉，頓時生出受寵若驚的心情，連連對皇子殿下表示自己並沒有在意。

直至賈瑞德、阿加莎與布里安這些「外人」離去，沈夜仍未從毒嘴皇子突然變得友善的詭異轉變反應過來。

原本總是黑著一張臉，好像每個人都欠他一百萬的人，突然對自己這麼親熱，實在超級詭異的！

不過沈夜沒有繼續發呆下去的時間，既然明天就要出發前往弗羅倫斯帝國，趁現在時間尚早，他還有些事得先處理。

回到府邸後，沈夜最念念不忘的，便是正在進行的造紙術，以及活版印刷的試驗。

其實經過這段時間的研究，沈夜已經造出比較像樣的紙張了。畢竟造紙的方法他已記錄下來，只是照表行事罷了。

仍是那句話，有些事情，最難的是一開始的創意，接下來只需要時間與耐心來慢慢把事情完善。

沈夜的造紙術也是一樣，紙張雖然已成功被製造出來，不過還有很多待改善的地方。然而這些並不用沈夜出馬，光是路卡派給他的人手就能完成，因此他早已將事情交給他們，只是偶爾去看看進度。

明天就得前往弗羅倫斯帝國，他更是心安理得地成了甩手掌櫃，讓手下們在他出國期間，定期向路卡報告進展。

至於活版印刷，因爲需要人手一筆一劃地雕刻，所需時間絕對不少。幸好這事並沒有用到太複雜的技術，因此沈夜也很安心地放手交由雕刻師處理。

另外，沈夜還與阿爾文商量，明天想要提早出發，先一步前往魔獸森林。反正魔獸森林在艾爾頓帝國的邊境，也是離開的必經之路，這樣做並不會影響行程，到時再與阿加莎他們會合即可。

「我們的確會經過魔獸森林沒錯，可是毛球一家住的地方有些偏遠，時間上會有點趕。有什麼事一定要找牠們嗎？」阿爾文問道。

沈夜解釋：「是這樣的，我們這次的旅程是以帶走靈草爲目的，我免不了會與靈草訂下契約。毛球牠們是我的契約伙伴，所以我想帶牠們同行，免得屆時簽訂契約的靈草與毛球牠們合不來。」

不只阿爾文，隨行保護沈夜的賽婭與伊凡聞言也愣住了，不禁感歎少年是眞的把毛球牠們視爲平等的同伴尊重著。

正因沈夜這種時時刻刻將毛球牠們放在心裡的性格，才能輕易獲得魔獸與靈草的喜愛吧？

「怎、怎麼了？你們爲什麼這樣看著我？」被眾人若有所思的眼神注視著，沈夜有點不安地詢問。

阿爾文看著一臉困惑的少年，心想自己與路卡之所以如此信任沈夜，除了因爲小時候的情分，大概還有因爲只要對他付出眞實的感情，這個人必定也會以眞心回報的緣故吧？

沈夜誤以爲眾人一言不發地注視著自己，是不贊同這個提議，於是他抓了抓頭髮，猶豫著解釋：「其實我也可以利用契約力量召喚毛球牠們過來，牠們飛行的速度可比我們策馬前進快得多了。但我怕牠們突然出現在城市會造成恐慌，畢竟獅鷲的戰鬥力很可觀，而且牠們從來沒靠近過人類的城鎮……」

阿爾文拍了拍沈夜那顆胡思亂想的腦袋，說道：「我又沒有說不可以，就依你說的吧！明天我與你一起出發。」

聽到阿爾文的話，伊凡與賽婭也立即表明想要同行的意願。但沈夜卻不希望太多人闖入獅鷲的地盤，以免打擾到毛球一家的清靜，因此只讓與獅鷲們較有交情的阿爾文同行。

至於通知賈瑞德他們明天在魔獸森林邊緣會合一事，沈夜則委託路卡幫忙。雖然應該親自跟對方說才對，可是想到賈瑞德那副死賴在會議室、固執己見的模樣，沈夜實在怕了他，最終還是決定與阿爾文偷偷先出發。

隔天一早，沈夜與阿爾文便動身前往魔獸森林。

有了之前旅程的磨練，沈夜已不是一開始那個嬌弱的少年了。雖然頂著大太陽策騎趕路仍是感到十分辛苦，卻也不至於吃不消，至少不像一開始那樣，一會兒便要進馬車休息一番。

阿爾文有心鍛鍊沈夜，這次乾脆連馬車都沒準備。果然人的潛力無限，因爲沒有馬車這個隨行的避風港，並且爲了能夠早日抵達目的地，沈夜策騎時的效率可謂大大提高。

阿爾文雖然能吃苦，卻不代表他不喜歡享受。身負任務或行軍打仗時，青年什麼苦都能吃，但如果環境許可，有最好的選擇，他也絕對不會將就。雖然訓練沈夜時總是把人往死裡操，但休息時總是很豪爽地住最貴的旅館、吃最美味的食物。

就這樣，沈夜懷著痛苦與快樂並存的心情，與阿爾文再次來到魔獸森林。

上次離開，沈夜以爲自己會有很長一段時間不會再踏入這裡，想不到離開只有短短數月，他便因爲靈草一事再度重返。現在想想，他與這座森林還滿有緣的。

爲了節省時間，在接近魔獸森林時，沈夜便已利用契約力量召喚了毛球一家。因此當兩人一抵達魔獸森林，毛球牠們便已在森林邊緣等待了。

「毛球！」遠遠看到在森林邊緣等候的獅鷲們，沈夜才剛喚出毛球的名字，便被這頭毛茸茸的魔獸迅速撲倒。沈夜驚呼了聲，從馬背上直直往下摔，還好毛球反應快，在少年與地面接觸前先一步把雙方位置反過來。沈夜只覺一陣天旋地轉，隨即便摔在溫暖柔軟的獸毛上。

毛球的速度很快，沈夜甚至還來不及看清楚牠的模樣，可是無論是對方親暱的態度、撒嬌的叫聲，還是一興奮便喜歡用嘴喙磨蹭他頸窩的舉動，都一再說明著這頭魔獸的身分。

待毛球磨蹭夠了、總算放開時，沈夜才發現獅鷲爸媽已站在阿爾文身邊，朝自己不停晃著尾巴，顯然也很高興看見少年，只是態度比較矜持。

年輕獅鷲與沈夜一直聚少離多，不願意少年這麼快就轉移注意力，便低頭用頭顱拱了拱對方的胸口。沈夜揉了揉毛球的毛想安撫時，發現牠身上那些夾雜在棕毛中的灰色茸毛消失無蹤了！

「毛球，你成年了？」

這實在是意外之喜。雖然褪下灰毛、步入成年期的毛球，運用風刃的技巧仍稍遜獅鷲爸媽，但無論體力還是飛行能力都已經得心應手，能最大程度地運用獅鷲優越的天賦技能！

雖然沈夜也很喜歡獅鷲爸媽，但三頭獅鷲之中，沈夜對毛球的感情是最深的。畢竟毛球是自己親眼看著出世，也是自己察覺到有著馴服魔獸這個天賦的契機。

看到毛球成年了，少年相當高興。結果一興奮，這一人一獸又再度把正事丟在一旁，玩了起來。

看著沈夜與毛球親密無間的樣子，阿爾文不禁莞爾。要不是時間緊迫，他實在不想打斷這溫馨的一幕。

聽到阿爾文的假咳聲，沈夜立即想起這次前往魔獸森林是有要事，便把事情的來龍去脈告訴了獅鷲一家。

聽到沈夜將來要與靈草建立契約，毛球立即不依了。牠的父母就算了，憑什麼一株野草也可以與沈夜建立契約!?

一旁的獅鷲爸媽雖然沒有如牠那樣吵鬧，但沈夜仍能從契約的精神聯繫中感受到牠們的不滿與抗拒。

驕傲已刻入獅鷲的骨子裡，正因如此，牠們才被稱為「不可能被馴服的魔獸」。雖然沈夜因自身的特殊性獲得毛球一家的好感，與這三頭獅鷲簽訂了契約，可是要讓毛球牠們接納新成員，可不是件簡單的事。

沈夜為難地看著發脾氣的毛球：「別生氣啦……我這次來找你們，就是打算讓你們同行，一起挑選作為契約伙伴的靈草。」

毛球可憐兮兮地低鳴，就連沒有契約聯繫的阿爾文，也能感受到牠的不情願。

沈夜看著對自己奉獻出忠誠、猶如家人般的獅鷲一家，再想到靈草的強大能力……雖然很不捨即將到手的靈草，少年最終還是退讓道：「好啦，要是你們眞的不喜歡，我便不會與靈草訂立契約。大不了……大不了到時候與弗羅倫斯帝國更改交易條件吧！」

說罷，沈夜抱歉地看了阿爾文一眼。阿爾文聞言皺起眉頭，但也沒多說什麼。

少年見狀，暗暗吁了口氣。如果阿爾文反對，到時手背是肉、手心也是肉，他這個夾在契約伙伴與親兒子之間的夾心該怎麼辦啊？

「那就這麼說定了。如果對方能被你們認可，我才與它訂立契約，好嗎？」沈夜說道。相較於虛無縹緲、還未得到手的靈草，他更重視獅鷲這些已相處一段時間的伙伴。

毛球低吼了聲當作回應。這吼聲聽在沈夜耳中，彷彿在說「好」。

看到少年與獅鷲們達成共識，阿爾文詢問：「那誰與我們一起前往弗羅倫斯帝國？」

沈夜聞言，也道：「只能選一個跟著我們。」

不是他與阿爾文不想與毛球一家三口一起，可是一如他當初的顧忌，獅鷲畢竟是攻擊力強大的魔獸，除了他，至今還未有人能馴服牠們。要是沈夜帶著三頭獅鷲前往弗羅倫斯帝國，實在未免過於顯眼了。

聽到沈夜的話，毛球連忙低吼一聲衝上前，一副深怕爸媽與自己爭奪唯一一個名額的模樣。

沈夜與阿爾文私心也覺得三頭獅鷲之中，以毛球隨行最爲適合。畢竟毛球比較年輕，幼崽時便與沈夜簽訂了契約，對人類和人類城鎮的接受程度……應該也會比大半生都居住在森林裡的獅鷲爸媽來得高。而牠對沈夜的親近與服從性，也是三頭獅鷲之中最高的。

沈夜見毛球搶著要隨行，而獅鷲爸媽也並未反對，他不禁露出了一個大大的笑容。

然而少年並不知道，現在毛球已經成年，也是時候離開父母獨立生活了。這次即使毛球不毛遂自薦，獅鷲爸媽也會選擇讓毛球跟隨。

看到事情圓滿解決，阿爾文道：「我們也該離開了，可別讓賈瑞德殿下他們久等。」

說罷，阿爾文吹了聲口哨，他的坐騎——一匹純黑的美麗黑馬，立即奔跑而來。

至於沈夜，雖然他現在的騎術略有小成，但說到讓坐騎聽話的工夫……他還差得遠啊！

結果沈夜只得認命，親自去領回自己那匹正悠閒吃著青草的坐騎。

阿爾文看著少年往坐騎小跑而去的背影，不禁生出啼笑皆非的感覺。沈夜能夠與高傲的獅鷲簽訂契約，也可以輕鬆馴服凶殘的龍藤草，可是竟拿普通的動物沒有辦法。

青年等沈夜走到完全聽不見自己說話的距離時，對獅鷲一家道：「小夜堅持前來魔獸森林找你們，是因爲他覺得，既然你們是他的契約魔獸，那麼他與靈草簽訂契約一事，也應該尊重你們的想法。小夜對你們如此珍惜與在乎，你們就如此回報他？」

聽完阿爾文的話，毛球不爽地向青年齜了齜牙。

對於毛球的挑釁，阿爾文毫不畏懼，逕自冷冷說道：「有了靈草的守護，小夜的安全便多了一分保障。怎麼做才對他最好，你自己想想吧！」

說罷，阿爾文便不再理會毛球一家，往沈夜的方向策騎，迎上正要牽馬往回走的少年。

沈夜見狀，也上了馬背，朝毛球喊道：「毛球，我們走了！」

毛球向獅鷲爸媽嗚叫了聲作爲道別，便拍動著翅膀尾隨沈夜兩人，離開了牠從出生至今從未踏出一步的魔獸森林，朝未知的世界出發。

Chapter 10
招攬

沈夜二人帶著毛球離開的同時，阿加莎等人已來到了一座位處魔獸森林邊緣的城鎮，等待他們的到來。

阿加莎對賽婭這個團隊中唯一的女性同伴充滿好奇，接觸後發現這名侍女性情溫和，而且與他們這些皇親國戚相處，也能不卑不亢，實屬難能可貴，不禁對她生出不少好感。再加上阿加莎本就是容易相處的性格，與人熟絡後更是沒有架子。結果一段路程下來，兩人竟成爲感情不錯的朋友。

對於阿加莎這名高高在上的公主，竟然紆尊降貴地與卑賤的下人成爲朋友一事，賈瑞德自然嗤之以鼻。雖然同處一支隊伍，但若非必要，青年與這些同行的同伴並沒有太多交流。

阿加莎與布里安使賈瑞德丟了顏面，以他的性格，不去記恨就已很不錯了，又怎會與他們和睦相處？

至於伊凡與賽婭兄妹倆在賈瑞德眼中，更只是低賤的下人，連與他談話的資格都沒有。

賈瑞德不理別人，阿加莎他們也不會主動招惹他。如此一來，反倒變成賈瑞德好像被眾人排擠似的。

當沈夜兩人領著毛球出現時，早已知道毛球存在的賽婭與伊凡並未有太大的反應，反倒是阿加莎這三個小伙伴被驚呆了。

他們發現，自從認識了這位艾爾頓帝國的賢者大人後，他們對事物原有的認知就不停地刷新。

到底是誰說靈草只會與弗羅倫斯帝國的人民簽訂契約？

又是誰說獅鷲是高傲、無法馴服的魔獸？

那他們現在看見的是什麼？幻覺嗎!?

震驚過後，他們決定不再在意這些細節了。

被驚嚇的次數多了，嚇著嚇著便習慣了起來。畢竟總是一驚一乍的，實在是容易短命啊。

即使是阿加莎與賈瑞德這兩位身分尊貴的公王與皇子，也是第一次親眼看到獅鷲這種稀有、只生活在魔獸森林的魔獸。他們只覺眼前的獅鷲威風凜凜，比畫冊上的畫像更加威武不凡。

阿加莎一臉欣賞地看著毛球，就在想要讚歎這頭獅鷲威武的姿態之際，賈瑞德這個素來對別人沒有好臉色的傢伙，竟然搶先她一步稱讚道：「好漂亮的獅鷲！」

說罷，青年還向沈夜友善地笑了笑。可惜他顯然不熟悉「微笑」這種尋常的動作，勾起嘴角的模樣看在沈夜他們眼中，倒比較像是臉部抽筋，讓人有一種詭譎的驚慄感。

正面承受賈瑞德「微笑攻擊」的沈夜嚇了一跳，毛球更是如臨大敵地炸起毛，立即把沈夜護在身後，朝青年發出威嚇的叫聲。

沈夜見狀，連忙伸手緊緊環抱住毛球的脖子，深怕野性難馴的毛球一個激動，把眼前尊貴的皇子殿下「喀嚓」掉。

賈瑞德努力讓自己的表情看起來柔和些，然而效果卻是驚嚇度更甚，並說道：「果然威武，還懂得護主。」

沈夜死命拉住誤以爲自己受到挑釁的毛球，都快哭了。

毛球很威武沒錯，你看不見牠都威武得快要咬下你的頭了嗎!?

賈瑞德也察覺到毛球發出的殺氣，有些尷尬地退後了兩步，在年輕獅鷲威嚇十足的注視下努力想和沈夜打好關係：「牠叫什麼名字？」

沈夜回道：「毛球。」

賈瑞德：「……」

原本青年打算無論聽到對方說出什麼名字，都要大力稱讚名字取得好，此刻卻突然不知該如何接下去了。

看到賈瑞德僵住的模樣，毛球停下威嚇的動作，仰起牠驕傲的頭顱。

聽到我毛球大爺的名字，這個人類就這麼害怕嗎？

顫抖吧！愚蠢的凡人！

沈夜看著因賈瑞德僵住而沾沾自喜的毛球，並且透過契約關係理解了獅鷲發出的鳴叫聲後，他忍笑得都肚子痛了。

不過毛球也不算完全會錯意，至少賈瑞德的確是被牠的大名嚇到……

就在沈夜搖首嘆息，看著驕傲得如同一頭孔雀般的毛球時，賈瑞德終於做好心理建設，再次勾起僵硬的笑容，道：「叫毛球嗎？眞是個可愛的名字！」

眾人：「……」

在旁觀看整個過程的阿加莎，終於忍不住小聲向布里安詢問：「賈瑞德到底在做什麼？今早他看起來明明還很正常啊！」

布里安小聲回答：「也許他想要招攬賢者大人，正在嘗試向賢者大人表達善意吧？」

阿加莎愣了愣，靜默數秒，才說道：「原來如此……聽說埃爾羅伊帝國的人都是用拳頭說話，爲人直來直往、不懂得變通。所以賈瑞德殿下招攬別人的技巧才會這麼……慘不忍睹？」

阿加莎用「慘不忍睹」形容還眞沒誇大，因爲面對賈瑞德難得的賣力演出，沈夜這個當事人卻像公主一樣感到一頭霧水，完全不知道皇子殿下是在演哪齣。

最後還是阿爾文看不過去，以沈夜剛趕路過來，身體疲累須要休息爲由，才讓少年擺脫了舉止怪異的賈瑞德。

見沈夜坐在樹蔭下休息，賽婭自覺地上前，用魔法喚出微風替少年搧涼。

賈瑞德看到女孩的舉動，眸子閃過一絲精光。

想不到沈夜的貼身侍女，竟然是一名魔法師！

而且賽婭還不只是爲了方便，才僞裝成侍女跟隨在沈夜身邊保護。這女孩是眞的以對待主人應有的規格來服侍沈夜……不，應該說，侍奉程度遠比普通侍女做得還要貼心許多。

不見她爲了讓沈夜涼快些，已經很奢侈地用魔法爲對方搧風了嗎!?

賽婭的身分出乎賈瑞德預料，然而在意外過後卻是一陣狂喜。用魔法師當侍女……沈夜在賈瑞德心中的地位頓時再度上升幾分。少年原本就不是艾爾頓帝國的人，如果能獲得他的忠誠，並把他帶回埃爾羅伊帝國……

賈瑞德的臉上，露出志在必得的神色。

「賈瑞德殿下到底想做什麼？我覺得他對我的態度……好像怪怪的。」感受到賈瑞德朝自己射來的炙熱視線，沈夜不安地詢問。

賽婭聞言忍不住噗哧一笑。

少爺的話與剛剛無意中聽到阿加莎殿下的詢問，實在奇妙地相近啊！

阿爾文笑了笑：「他在嘗試親近討好你啊！大概是看上了你的能力吧？」

沈夜聞言露出驚訝的神情。賈瑞德在阿爾文面前這麼大剌剌地拉人可以嗎？他好歹是艾爾頓帝國的賢者吧？

看出沈夜的驚訝，阿爾文解釋道：「小夜，你不是土生土長的艾爾頓人民，這一點並非祕密。而賢者與其說是個正式官職，倒不如說是種稱號。雖然有著令人尊崇的地位，國家也會提供優渥的待遇，但卻不受國家制度的限制，要離開是隨時可以的。」

沈夜想了想也明白過來。賢者有點像古代的客卿，雖然同樣爲君主辦事，也受著對方的奉養，卻不算有正式的效忠關係，要是雙方不合，仍可以另覓賢君。

想到這裡，沈夜才總算弄明白賈瑞德的意圖。敢情是看他在艾爾頓帝國的時間尚短，認爲他對這個國家的歸屬感並不強，所以才想要挖角啊……

一旁的賽婭略帶擔憂地詢問：「少爺你……不會想離開艾爾頓帝國，對吧？」

雖然賈瑞德的手段很粗糙，但這些都無妨，關鍵永遠都是對方爲了拉攏，而將會許諾的東西。

面對強大的利益誘惑，賽婭擔心年輕的主人會被眼前利益蒙蔽了雙眼。

賈瑞德或許很賞識沈夜，也許能多給少年一些在艾爾頓帝國所沒有的權力和財富。可是有一樣東西，卻是現在的埃爾羅伊帝國無法給予沈夜的，而那樣東西卻非常彌足珍貴。

那便是情分。

在那段對路卡與阿爾文來說最爲黑暗的日子，是沈夜陪伴他們度過。賽婭很清楚這種感覺，因爲對她來說，當時沈夜的出現，就像在黑暗中閃爍的唯一光芒，給了絕望的她活下去的希望。

正因爲了解沈夜在那兄弟倆心中所代表的意義，因此賽婭知道，只要他不觸及路卡他們的底線，在艾爾頓帝國裡，少年絕對可以橫著走。即使沈夜是個庸碌之人，對帝國沒有任何建樹，路卡他們也會保他一世平安。

有著情分的君臣能夠善始善終，沒有情分就是伴君如伴虎！

而這，正是埃爾羅伊帝國無法給予沈夜的！

除了這一點，還有個更重要的原因，便是她捨不得。

就像先前所說，賽婭把沈夜視作拯救自己離開黑暗的光芒。正因如此，她才死心眼地要侍奉在他身邊，只因女孩認爲，唯有這樣才能稍微報答對方的恩情。

聽到賽婭的詢問，阿爾文與伊凡雖神色不變，心裡卻非常緊張。

阿爾文覺得，即使是自己第一次獵殺魔獸、初上戰場時的那種緊繃，都比不上現在等著少年決定自身去留時的緊張感！

他仍記得當年出事的那天中午，沈夜還帶著他們三個小孩外出逛街，路經市集時，看見一個賣糖娃娃的店鋪。店主利用糖漿，以巧奪天工的技術製造出各式各樣的糖果。

晶瑩剔透的糖果再配上各種有趣的造型，這些糖娃娃的賣相非常討喜。從未見過這種小吃的路卡，當時看得眼睛都發直了，視線一直黏著糖娃娃捨不得移開。而當時年紀尚小的自己，也忍不住看著那些糖娃娃，露出渴望的眼神。

當時沈夜帶著兩名被刺客追殺的小皇子，爲了不引人注目，買東西時並沒有使用空間戒指。即使少年雙手拿滿了東西，因疲累而氣喘吁吁、汗流浹背，但他還是停下腳步，爲三個小孩排了長長的隊伍，買了一人一支的糖娃娃，就連身爲侍女的賽婭也沒忘記。

當時因爲糖娃娃造型精美，他們捨不得吃，便把它放在旅館裡，打算晚點再盡情享用。

然而當沈夜失蹤後，這三支滿載著珍貴記憶的糖娃娃，他們再也沒想過把它吃進肚子裡。

賽婭成爲布倫丹的弟子後，第一個學習的魔法，便是用來把她的糖娃娃永遠保存起來。

至於路卡，則是在沈夜失蹤後，有很長一段時間要把糖娃娃放在枕邊，聞著糖果的香甜氣息才能安然入睡。並且自此之後，男孩便不再讓侍女們爲自己說睡前小故事。

而阿爾文卻又與賽婭他們不同。他選擇把糖娃娃鎖進盒子，只因每次看到那支糖娃娃時，便會想到那個生死未卜的人。

只有唯一的一次，阿爾文在一場戰役中遭到心腹部下的背叛，即使避過對方致命的一劍，仍然身受重傷，整整一個月徘徊在死亡邊緣。得到消息的路卡憂心不已，當阿爾文的傷勢穩定後，他便強硬地要求兄長回國休養。

休養期間，身體的傷痛和被信任的人背叛，都讓阿爾文身心俱疲。當時也不知道為什麼，他總是不由自主地取出藏起來的糖娃娃。

被魔法保護的糖娃娃一如以往般的晶瑩剔透，當時已從小男孩成長為少年的阿爾文，小心翼翼地在糖娃娃的背面舔了一下。

很甜。

純正的蔗糖並不便宜，而糖娃娃的成分是混合著別種物質、製作過程簡陋的劣質糖漿。這種甜味比一般的糖還要甜上幾分，味道帶有些微苦澀。如果不是因為沈夜，他應該一輩子都不會把這種東西吃進口裡。

可是對於當時的阿爾文來說，那一口的甜味，卻令他想起與沈夜一起旅行時，那段雖稱不上輕鬆，回憶起來卻滿是溫暖的時光。

那時候，他們可以全心信任著身邊的人，不怕背叛。

那時候，他們有沈夜引領著前進的方向。

那時候，他們可以放下皇子身分，像個普通的孩子般玩鬧。

可是，他們卻把人弄丟了！

這一直讓阿爾文他們自責不已。他到現在仍然記得，少年站在傳送陣外，目送他們離去時的模樣。

在那段日子裡，他們從沒放棄尋找沈夜。即使有無數的人勸他們放下，也有很多人猜測少年已回歸創世神的懷抱，可是他們依然不懈尋找著，即使連他們自己也認爲，這一切也許只是徒勞無功。

而現在，他們的少年終於回來了！一如當時的模樣，十五年的時光沒有在他身上烙下任何痕跡，甚至在少年眼中，他們只分離了短短幾分鐘。

眞好，沈夜依舊是當年的沈夜。

那時阿爾文便做了決定，這次要盡最大的努力好好保護對方，不讓少年再遇上任何危險。阿爾文已經受夠自己什麼都不能做、只得讓別人犧牲保護，然後活在悔恨當中。

這個想法成爲他的動力來源，也讓他年紀輕輕便獲得驚人成就。

無論是因想要保護對方，而努力提升自身修爲的賽婭與阿爾文，還是希望再次並肩作戰時不留下遺憾的伊凡，以及想在少年回來時給予他最好的生活環境，而全心治理國家的路卡，他們的心情都是一樣的。

如果沒有了沈夜，憑阿爾文他們的實力或許仍能成為非常優秀的人，但他們一定不會這麼逼著自己。他們能有現在的成就，可以說是沈夜的功勞。

可是，他們心心念念想要守護、無數日夜盼望著能與其團聚的少年，現在卻可能會離開他們。

當初分離令人痛苦無奈，可是失而復得後，他們反而變得更加執著，只想死命抓著珍視的東西、不放手。現在沈夜有可能會選擇離開的這個認知，已經刺激到阿爾文與賽婭的底線。

如果可以，阿爾文好想用盡一切方法，將少年留在這裡，不讓對方離開。然而相較於自己的私心，青年卻更加尊重沈夜的想法。只因他明白，沒有人會希望自己的自由被掌控，即使是出於善意，但從干預沈夜決定的那瞬間起，便註定無法再像以往一樣取得少年無條件的信任，親密無間的關係將產生無法修補的裂痕。

看到阿爾文和賽婭那擔憂著他會離開、卻又因尊重他而決定隱忍的眼神，沈夜笑著安撫：「放心，我不會離開你們的。」

不只是賽婭與阿爾文，就連伊凡聞言，雙眼都瞬間亮了起來，露出毫不隱藏的喜悅。

看著三人驚喜的模樣，沈夜感動之餘，卻又不禁有些心疼。他可以想像自己不見的時候，已隱隱視他爲支柱、總喜歡黏在他身邊的孩子們有多麼難過。也許賽婭他們並未自覺，但自從沈夜回來後，他們經常對他露出小心翼翼、帶有討好意味的神情，彷彿害怕少年會再次丟下他們離去。

但他又怎會想要離開他們呢？之所以選擇留在這個陌生、充滿著各種危險的世界，正是爲了他們啊！

沈夜雖然很想讓他們放心，也知道當年失蹤一事是眞的嚇到他們，以致在心裡留下了傷痕。然而這並非一朝一夕就可以解決，但他相信日久見人心，他們總有一天會相信自己是眞的自願選擇永遠留在這裡，而不是像現在這樣沒有安全感地試探著他。

面對三人驚喜的神情，沈夜道：「我早已沒有其他親人了，對我來說，你們就是我的家人。既然艾爾頓帝國有你們在，那裡就是我的家，我哪還會跑去其他地方呢？」

說罷，沈夜彷彿訂下誓言般，很認眞地承諾：「就算我離開了，可是總會有回來的一天。『家』不正是一個讓人回來的地方嗎？」

看著少年溫和的眼神，阿爾文三人覺得那雙深邃的眼眸彷彿看穿了他們所有掩飾。他們的不安、他們的恐懼，以及他們想要把人留下來的渴望，都在那雙眼眸的注視下無所遁形。

從以爲會失去對方的惶然中恢復過來，阿爾文有些不好意思，卻又感激地伸手揉了揉沈夜的腦袋，道：「乖。」

沈夜：「……」

他眞是後悔死在他們小時候經常這樣揉他們的腦袋。果然主角就是主角，雖然長大後沒有黑化，但記仇的性格還是沒變啊！

這是報復吧？赤裸裸的報復！

最可恨的是，他們長大後，無論是阿爾文還是伊凡，甚至是當年最矮小的小豆丁路卡，都已長得比他高了，要做出這種動作根本輕鬆沒難度啊！

原本當年長得最高的自己，現在變成最矮的那個，還有比這更虐的嗎!?

沈夜不滿地撥開阿爾文的手，然而看著青年的爽朗笑容，卻無法感到生氣，隨即忍不住跟著展露笑顏。

在原本的小說軌跡中，阿爾文不信任任何人，整個人充滿著一股戾氣，仇恨成了他最佳的動力。

那樣的阿爾文無疑十分強大，但他並不快樂，甚至到最後被仇恨迷失了本性，變得不再是自己，造成往後許許多多的悲劇。

現在的阿爾文沒有失去弟弟路卡，也沒有被眾人猜忌、背叛、計算與傷害，仍是沈夜一開始認識的那個青年。

此刻充斥在他心裡的，並不是仇恨，而是守護與忠誠。

看著這樣的阿爾文，少年有信心帶著大家走向美好的未來，把小說結局修改為「大團圓」三個字。

當阿加莎走過來找沈夜時，看到沈夜正一手撥開阿爾文揉著自己頭髮的手，臉上雖微帶怒意，卻又忍不住跟著對方勾起了嘴角。

被撥開手的阿爾文不以爲意，爽朗笑容中是滿滿的寵溺。

伊凡撇了撇嘴，似乎很不屑兩人孩子氣的舉動，殊不知自己的這個動作，卻透露出難得的孩子氣，一身淡漠的氣息頓時柔和不少。

一旁的賽婭邊爲他們整理著行李，邊看著兩人的打鬧，臉上的神情溫柔得不可思議。

阿加莎突然覺得這四個人散發出一種外人無法介入的氣場，她呆站在一旁，不忍心打破眼前的美好。

阿加莎不禁向身旁的騎士說道：「布里安，我覺得賈瑞德殿下即使許諾再多的利益，也無法說動賢者大人離開艾爾頓帝國。」

聞言，這名一向沉默寡言、卻總能看透事情本質的守護騎士，環抱著愛人的肩膀，穩沉地應了聲：「賢者大人不會離開，那裡有他在乎的人。」

剛收拾完行李、從旅店步出的賈瑞德，正好聽到了阿加莎與布里安的對話。他一直看不順眼這對使自己顏面大損的男女，現在又聽到他們在嘲諷自己會招攬不成，不禁冷聲反駁：「賢者大人捨不得阿爾文殿下他們？可是他又不是阿爾文殿下的什麼人……如果他歸順了我們埃爾羅伊帝國，想到艾爾頓帝國探訪，我們一定不會阻止。」

青年這番話說得比較大聲，就像是故意說給沈夜聽。而少年也如他所願，停下了與阿爾文的互動，朝他們投以疑惑的視線。

賈瑞德勾起嘴角，落落大方地迎上少年的視線，並向他揮了揮手，同時壓低聲量，對阿加莎兩人說道：「我若無法把沈夜拉過來，只是因爲我給出的條件還不夠好。我相信這個世上，任何東西都有它的價碼，只要條件夠吸引人，父子反目、兄弟相殘的事還會少嗎？」

阿加莎是被嬌養著長大的，性格說不上潑辣，但也絕不柔弱。之所以一直忍讓賈瑞德不斷找碴，只因覺得對這個前未婚夫有所虧欠。

現在被對方多番挑釁，阿加莎覺得自己忍夠了。正所謂兔子被逼急了也會咬人，何況她這個敢於追尋眞愛的女子從來都不是隻兔子。

公主勾起一個迷人得體的微笑並答話，然而語氣與賈瑞德話裡的冰冷不遑多讓：「我拭目以待。」

沈夜疑惑地看著賈瑞德與阿加莎相談甚歡，心想他們兩個什麼時候感情變得這麼好了？

而且他們明明一副笑得很高興的模樣，爲什麼他卻覺得冷風颼颼!?

總覺得這次的弗羅倫斯帝國之行，將不如想像中的平靜呢……

《夜之賢者03》完

❀後記

大家好～感謝各位購買《夜之賢者03》這本小說！

最近天氣開始熱起來了，也變得很潮濕，而且經常下雨，有時候整整一個星期都看不見太陽。平常不覺得，但每次到了雨季，就格外想念陽光燦爛的日子呢！不過當天氣變得更熱的時候，那時大概又會嫌太陽太大了吧XD

《夜賢》的故事來到第三集，在這一集中，沈夜終於跟隨阿爾文來到皇城定居。不僅有孩子們的陪伴，還有了工作，甚至成為令人羨慕的有房一族呢！至此，沈夜算是正式融入異世界的生活了。

雖然身為這個世界的創造者，預知了命運的軌跡，但沈夜要融入這裡，還是需要一段磨合期。再加上因為路卡與阿爾文的信任，沈夜剛到皇城便身處高位，雖然表面風光，可是實際上卻受到眾大臣暗中的排擠。就連路卡，也因爲沈夜的存在而受到牽連，幾乎快成爲烽火戲諸侯般的昏君了。

對沈夜來說，被質疑倒是沒什麼，畢竟他這個外來者還未有拿得出手的政績，被人質疑也是應該的。只是連累了路卡，實在是可忍，孰不可忍！

沈夜發誓要幹出一番成績，讓看不起他的人啞口無言！

於是在這一集中，沈夜雖然安安穩穩地留在皇城，卻變得意外地忙碌。

沒辦法，誰教沈夜疼孩子，想盡力提升自己的地位，好在關鍵時刻能夠幫上忙呢！

請大家爲努力的沈夜打氣吧！小夜加油!!

如果各位有關注我的臉書專頁「香草遊樂園」，應該會發現最近我放了一隻小蠑螈的照片上去。（不知道的大家，可以翻到前面看看作者頭像的照片喔！）

這孩子是條東方蠑螈，名叫「烏卒卒」，粵語「烏黑」的意思。其實牠不算是新成員啦，在我家裡定居已快半年了。

只是我很少替牠拍照，即使拍了照片也沒有放上網。直至某天，妹妹說我養這孩子養得很低調，而朋友也說一直不知道我家養了蠑螈，我才驚覺原來已經快變成金屋藏嬌的狀態了呢！

於是立即上傳牠的照片，結果，大家果然都在詢問家裡是不是有新成員了XD

我在飼養之前上網查了不少資料，上面都說東方蠑螈非常容易飼養，可是我曾一度以爲這孩子養不久……因爲購買烏卒卒時，店舖老闆說牠吃紅蟲，可是養了好久都不開口進食。後來小魚、小蝦、豐年蝦與麵包蟲我都試過了，牠不吃就是不吃，非常有性格。

就在烏卒卒變得愈來愈瘦，以爲牠會看著食物餓死時，我終於發掘出烏卒卒願意吃的食物了！就是麵包蟲的蟲蛹，而且是剛蛻變時那種白白嫩嫩的蟲蛹！

牠到底有多挑食啊？（囧）

到底是誰說蠑螈很容易飼養的？站出來，我保證不打死你！

無論如何，現在烏卒卒已經在我家安穩地生活著。不過我們很快便會面臨一個考驗，看資料說，東方蠑螈很怕熱，水溫不能超過二十五度。我已經買了一些冰袋，準備夏天的時候給烏卒卒降溫用。

希望這孩子能夠順利度過夏天，我會多替牠拍照片，並在臉書與大家分享牠的生活狀況，歡迎大家留意我的臉書專頁喔^^

香草

【下集預告】

夜之賢者
Sage of Night 04

爲了尋找合適的契約靈草，
沈夜來到了靈草的國度——弗羅倫斯帝國。

在翠羽森林中遇上的瘦弱小孩，
竟是故事中差點殺了阿爾文的小BOSS！？
沈夜牽著孩子的手，奶爸屬性再次發作。

隱藏在森林中的遺跡，
又會爲沈夜一行人帶來多少危險與機遇呢？

第四集〈遠古遺跡〉

旅程，繼續熱烈展開！

魔豆文化全書系

醉琉璃／作品

織女系列（全八冊，番外一冊）

揉合神話與青春校園的奇幻冒險！被迫訂下契約的一刻，將展開熱血的打怪繪卷！

神使繪卷系列（全十六冊，番外一冊）

《織女》二部來襲！不敬者破壞封印，釋放不該釋放之物！神使公會曝光，舊夥伴、新搭檔陸續登場——

香草／作品

夜之賢者系列（陸續出版）

神奇卷軸、霸氣魔寵，正太蘿莉相伴。刺激溫馨的作家贖罪之旅，重啓命運新局！

傭兵公主系列（全六冊，番外一冊）

脫掉裙子、剪去長髮，誰說公主不能大冒險！心跳100%，詭異夥伴相隨的刺激旅程！

懶散勇者物語系列（全十冊）

每隔數百年，眞神會從我們的世界挑選勇者，但這次的勇者大人，有點不一樣……

琉璃仙子系列（全四冊）

難解預言、一分爲二的神力，史無前例尋人任務，黃金單身漢一文二武通通撩落去！

異眼房東的日常生活系列（全六冊）

管他冷酷硬漢健身狂，還是傲嬌無敵高富帥，異眼房東急募見鬼隊友！

林綠／作品

Sea voice古董店系列（陸續出版）

毒舌美人店長×呆萌高中生店員，主僕倆不離不棄、血淚羈絆（?）的共患難日常。

眼見爲憑系列（全七冊）

負責打雜的校草喪門，迫於人情加入靈研社，竟捲入一連串不可思議的事件……

天下無聊／作品

殺行者系列（陸續出版）

《殺手行不行》新篇登場！等級提升的阿司，這次將告別菜鳥殺手的身分，迎接威風凜凜的殺手新生活！

殺手行不行系列（全七冊）

網路熱門連載小說，充滿刺激、幽默與爆笑的情節！
一切都從那年收到的生日禮物——德國手槍開始，超幸運的殺手生活於焉展開！

米米爾／作品

天夜偵探事件簿系列（全四冊）

少喝了口孟婆湯，留幾分前世記憶。16歲女高中生偵探，首次辦案！

天夜偵探事件簿 非人妖異篇（全四冊）

邏輯超人的少女、又帥又能打的武者男友，高中生偵探與妖怪夥伴們，聯手破案！

魚璣／作品——**陰陽侍（全五冊）**

可蕊／作品——**奇幻旅途系列（全七冊）**

倚華／作品——**東陸記系列（全四冊）**

明日葉／作品——**外星少女要得諾貝爾和平獎**

路邊攤／作品——**見鬼社**

國家圖書館出版品預行編目資料

夜之賢者／香草著.——初版.——台北市：魔豆文化出版：蓋亞文化發行，2016.6
冊；公分.（fresh；FS110）
ISBN 978-986-5987-90-9（第3冊；平裝）

857.7 105005230

fresh FS110

夜之賢者 03

作者／香草
插畫／天藍　封面設計／克里斯
出版社／魔豆文化有限公司
地址◎台北市103承德路二段75巷35號1樓
電話◎（02）25585438　傳眞◎（02）25585439
部落格◎ gaeabooks.pixnet.net/blog
臉書◎ www.facebook.com/Gaeabooks
電子信箱◎ gaea@gaeabooks.com.tw
投稿信箱◎ editor@gaeabooks.com.tw
郵撥帳號◎ 19769541　戶名：蓋亞文化有限公司
發行／蓋亞文化有限公司
法律顧問／宇達經貿法律事務所
總經銷／聯合發行股份有限公司
地址◎ 新北市新店區寶橋路二三五巷六弄六號二樓
電話◎（02）29178022　傳眞◎（02）29156275
港澳地區／一代匯集
地址◎ 九龍旺角塘尾道64號龍駒企業大廈10樓B&D室
電話◎（852）2783-8102　傳眞◎（852）2396-0050
初版三刷／2020年4月
定價／新台幣180元
Printed in Taiwan

ISBN／978-986-5987-90-9

FS110

夜之賢者

Sage of Night 03 我是賢者大人？

魔豆文化　讀者迴響

感謝您在茫茫書海中選擇了魔豆，您的支持是我們最大的動力。
不要缺席喔，讓我們一起乘著夢想的羽翼，穿越時空遨遊天地！

姓名：　　　　性別：□男□女　　出生日期：　年　月　日
聯絡電話：　　　　手機：
學歷：□小學□國中□高中□大學□研究所　　職業：
E-mail：　　　　（請正確填寫）
通訊地址：□□□
本書購自：　　縣市　　　書店　□網路書店
何處得知本書消息：□逛書店□親友推薦□DM廣告□網路□雜誌報導
是否購買過魔豆其他書籍：□是，書名：　　　□否，首次購買
購買本書的動機是：□封面很吸引人□書名取得很讚□喜歡作者□價格便宜□其他
是否參加過魔豆所舉辦的活動： □有，參加過　　場　　□無，因爲
喜歡出版社製作什麼樣的贈品： □書卡□文具用品□衣服□作者簽名□海報□無所謂□其他：
您對本書的意見： ◎內容／□滿意□尚可□待改進　　◎編輯／□滿意□尚可□待改進 ◎封面設計／□滿意□尚可□待改進　◎定價／□滿意□尚可□待改進
推薦好友，讓他們一起分享出版訊息，享有購書優惠 1.姓名：　　　e-mail： 2.姓名：　　　e-mail：
其他建議：

廣告回信 郵資免付
台北郵局登記證
台北廣字第00675號

TO：魔豆文化有限公司 收
103 台北市承德路二段75巷35號1樓

魔豆

魔豆